Isabelle Alonso

Fille de réfugiés politiques espagnols, Isabelle Alonso publie son premier essai en 1995, *Et encore j'me retiens !* (Robert Laffont). Sa carrière médiatique débute alors. Elle publie ensuite *Tous les hommes sont égaux... même les femmes* (Robert Laffont, 1999), *Pourquoi je suis Chienne de garde* (Robert Laffont, 2001) et *... même pas mâle!* (Robert Laffont, 2008). Elle participe également aux émissions de Laurent Ruquier *On va s'gêner* sur Europe 1, *On a tout essayé* sur France 2, et a joué dans sa pièce *La Presse est unanime* au Théâtre des Variétés. Elle a publié plusieurs romans : *Roman à l'eau de bleu* (Robert Laffont, 2003), *Filigrane* (Robert Laffont, 2005), *L'exil est mon pays* (Éditions Héloïse d'Ormesson, 2006), *Fille de rouge* (Éditions Héloïse d'Ormesson, 2009). Elle raconte la mort de sa mère dans *Maman* (Éditions Héloïse d'Ormesson, 2010) ; en 2011 elle publie un essai, *Sexe : Pourquoi on ment* (Plon).
Depuis 2010, elle interprète un « one woman show » tiré de son premier livre *Et encore, je m'retiens !*

Retrouvez toute l'actualité d'Isabelle Alonso sur : www.isabelle-alonso.com

FILLE DE ROUGE

DU MÊME AUTEUR

CHEZ POCKET

L'EXIL EST MON PAYS

... MÊME PAS MÂLE !

FILLE DE ROUGE

ISABELLE ALONSO

FILLE DE ROUGE

ÉDITIONS HÉLOÏSE D'ORMESSON

Le papier de cet ouvrage est composé de fibres naturelles, renouvelables, recyclables et fabriquées à partir de bois provenant de forêts plantées et cultivées durablement pour la fabrication du papier.

ISBN : 978-2-266-19999-5

À Antonia, ma mère

À tous les enfants, d'hier et d'aujourd'hui,
d'ici et de partout, qui se sont un jour
trouvés sous les bombes

Petite maman

Ma petite maman, ma petite maman, ma petite maman… C'est une chanson dont je change l'air mais pas les paroles, que je me susurre à mi-voix, quand je suis seule, quand je vais la voir ou que j'en reviens. « Ma » parce que c'est la mienne. « Petite » parce qu'elle rapetisse de jour en jour, à mesure que grandit ma peur de la perdre. « Maman » parce que pour quelque temps encore il y a quelqu'un sur terre que je peux appeler maman, c'est un luxe que je savoure, dont j'use et j'abuse. Ma petite maman, ma petite maman…

Libertad n'a jamais été bien grande. À la force de l'âge, elle culminait à un mètre cinquante-cinq. Aujourd'hui, elle doit atteindre à grand-peine son mètre quarante. J'ai glissé mon bras sous le sien, je la tiens ferme, pas question qu'elle tombe, elle est désormais fragile comme du verre. Maman cristal, maman miette. Elle regarde notre reflet dans les vitrines. Elle, minuscule. Moi, une géante, à ses côtés. Elle n'aime pas son image. Décrète qu'elle ne sortira plus, elle en a assez d'être vieille. Ras le bol de se trouver laide, après tant d'années d'aimables face-à-face avec son ami le miroir. Voilà qu'en plus, elle devient naine. Elle ne veut plus se voir. Elle involue, retourne lentement d'où elle vient, là où je ne la connais pas, car je suis fille de sa force, de sa flamboyance. Sa fragilité nouvelle la ramène à l'enfance, vers celle qui la porta, celle que j'ai à peine connue, Yaya, sa mère, Virtudes. La vertueuse, comme son nom l'indiquait. La courageuse, l'indomptable, la très pieuse Virtudes. Qui ne rendait compte de ses faits et gestes qu'à Dieu. En direct. Qui n'avait jamais aimé les intermédiaires.

Ça fait si longtemps, maman, que nous marchons côte à côte, l'une soutenant l'autre au gré des fluctuations de nos forces respectives. Un de ces quatre matins, le matin que je redoute depuis toujours, il me faudra écrire seule le reste de l'histoire. La fin de l'histoire. Moi sans toi. En écho à toi sans moi, toi avant moi. De temps en temps, sous la fatigue de son visage dernier, je revois la Libertad que je connais bien, la vraie, celle de mon enfance. Et parfois se dessine celle que je ne connais pas mais que je devine. La petite fille. La turbulente, rebelle, insolente Libertad. Que sa mère appelait *Irredenta*. Celle qui ne se rend pas. Qui ne plie pas. Aux yeux de Virtudes, ce n'était pas forcément un compliment. Mais aux yeux de Libertad, c'était le plus encourageant des viatiques.

Sur ce trottoir de banlieue qui longe la maison de repos, nous avançons au ralenti. Je tente de créer une apparence de mouvement constant en marchant façon un-deux-trois soleil, au « pas de fourmi », un pied devant l'autre, sans espace. Jeu de patience. Je mesure à mille signes son irréversible progression, à pas menus, vers un autre monde. Petit à petit, comme on évite un récif, comme on contourne un iceberg, elle coupe les ponts avec le réel.

Pour continuer à se battre, vaillamment, telle une petite lionne rabougrie, elle abolit l'espace et le temps. Pas en permanence, parfois seulement, pour marquer une pause, une halte dans l'aveugle progression de la chronologie au front bas, qui fonce, stupide et figée comme une locomotive dans un tunnel. Elle se ménage une brève récréation pour renouer avec d'autres jours, quand son jeune âge niait la mort, qui rôdait, pourtant, plus proche que jamais…

Sans me quitter d'une semelle, accrochée à mon coude, elle s'en va voir sa mère. Quel choc quand je l'ai entendue dire *mamá* pour la première fois. À ce moment précis, elle n'était plus ma mère, elle était la fille de la sienne. Habituellement, elle dit ma mère, *mi madre*, plus exactement. Jamais maman.

— Elle vient quand, maman ?

— Ta maman ?

— Oui, ma maman.

— Elle ne viendra pas. Elle ne peut plus venir.

— Il paraît qu'elle est morte ? On aurait pu me prévenir. Non, je le saurais si elle était morte, je le sentirais… Et toi, où est ta mère ? Tu ne l'aimes pas beaucoup, je sais… Ça peut se comprendre…

Ma mère ? Je ne l'aime pas beaucoup ? Et ça se comprend ? Ouille. Il s'agit de lui expliquer, sur le ton le plus anodin, que ma mère, c'est elle, et que je l'aime beaucoup, beaucoup. Regard dubitatif. Elle se fait du souci pour ma santé mentale. Repart dans ses pensées.

— Tu sais, il ne faut pas se cacher. Jamais. Et surtout pas dans le noir. Ça ne sert à rien. On croit que ça protège, mais non. Ça ne sert à rien. C'est dangereux. Il faut juste s'écarter du chemin. Pas trop. Parce que c'est pire, quand ils viennent… Tu le sauras, hein ? Jamais dans le noir.

— Oui, *mamá*, je ferai attention…

Aucune idée de ce dont il faudrait que je me méfie. Mais à quoi bon la contrarier…

Elle suit son petit bonhomme de délire. Se demande où elle va dormir. Elle a dû se poser cette question autrefois. À la maison, lui réponds-je. Mais quelle maison ? Évidemment, si elle confond dans le temps et l'espace toutes les maisons où elle a dormi, ça ouvre des perspectives. Même en se limitant à la France, où elle est arrivée adulte, avec mon frère aîné, Rodrigo, âgé de six mois. Les villes se confondent, les lieux. Les gens. Puis elle revient. Maintenant, ici.

— Tu as vu ta sœur aujourd'hui ?

Nous retournons vers sa chambre, son univers, au bout de la rue.

Marche ou rêve

Dans quelques jours, c'est la rentrée. Je vais faire partie des élèves de sixième du « Lycée de jeunes filles ». C'est écrit depuis des temps immémoriaux au-dessus du portail monumental que je franchirai tous les matins et qui me donne le statut de collégienne. Avec mes chaussettes et ma jupe plissée. Rien ne me paraît plus enviable sur terre. Sur terre, je précise. Dans la vraie vie. Dans mes rêveries, je suis danseuse étoile, présidente de la République, fée rigolote ou oiseau des îles. Mais ici et maintenant, je ne vois pas ce que je pourrais faire de mieux.

Je marche dans la rue avec Libertad. Ma mère. Mine de rien, j'observe du coin de l'œil que dans peu de temps j'aurai atteint sa taille. Je me garde de le lui faire remarquer. Elle n'est pas bien grande et je sais que ça l'agace. Elle se tient très droite, comme une ballerine, et je fais pareil. J'essaie de me calquer sur son allure, son maintien. De lui ressembler. Je ne sors pratiquement jamais seule avec maman, rien qu'elle et moi, sans les autres. Alors je savoure. Ma vie sera plus marrante que la sienne, j'en ai conscience. Elle va m'acheter des fournitures scolaires. Quand elle avait mon âge, elle a raté sa rentrée à elle, et ne s'en est jamais remise. Elle avait un an de retard parce qu'elle avait été longtemps malade, à sept ans. C'est donc l'année de ses douze ans, et non de ses onze, qu'elle devait s'insérer dans les rangs du collège. Elle s'en faisait une fête. Mais au cœur de l'été, le 18 juillet, un mois avant son douzième anniversaire, les généraux factieux avaient jugé opportun de gâcher l'existence de leurs contemporains. Le *glorioso meneo* avait balayé tout projet à long terme pour refermer les ambitions sur la simple survie. Cette rentrée-là n'avait jamais eu lieu. Les vacances, parfois, ça peut être trop long, beaucoup trop long. Libertad, ça lui était resté sur l'estomac. Parce que la suite des événements fut telle que l'occasion de fréquenter le collège ne se représenta plus.

Elle me parle de nouvelle phase, de chance à ne pas laisser passer, de la fierté que je lui inspire. Elle me fait confiance, je serai à la hauteur. J'écoute d'un bout d'oreille. Maman n'a pas besoin qu'on lui réponde. Un petit geste de la tête, comme une ponctuation, pour montrer que je ne perds pas le fil, lui suffit amplement. Les passants voient une mère et sa fille marchant dans les rues étroites de Vieillottes. Moi je suis ailleurs. Je laisse mes pensées vagabonder. Je nous regarde de l'extérieur, comme un film diffusé pour moi seule, dont j'écris l'histoire et les sous-titres. Et dont je joue le premier rôle. Celui de la fille *que recoge el guante*. Je vais prendre la relève, sa relève. Je suis sa revanche, la preuve vivante qu'ils ont échoué, les salopards qui ont voulu nous anéantir. Je suis née avec un drapeau dans les mains. Aujourd'hui, je sais et elle sait que nous menons une petite manif silencieuse en agitant dans l'air doré de l'automne bourguignon l'oriflamme invisible des ambitions de ma mère. Qui n'est plus ma mère en cet instant précis. J'avance au côté de ma semblable, ma jumelle. Nous avons onze ans. Nous marchons d'un seul pas. À moi de reprendre le flambeau tombé quand elle en était aux socquettes blanches. Je vais la porter comme elle m'a portée.

Courir à Madrid

Libertad marche avec Virtudes, sa mère, dans une rue du vieux centre de Madrid, noyée de soleil en ce mois d'octobre qui chauffe encore l'asphalte à le fondre. Une odeur d'été urbain persiste, dont la petite adore se gorger. Elle hâte le pas, court presque. L'air s'est figé sous un bourdonnement dont on ne perçoit pas la source, et qui ne présage rien de bon. Plus que les sirènes, c'est la précipitation des gens qui alarme. Qui signifie quelque épouvante qui n'a pas besoin d'être décrite. Ils apparaissent soudain. Libertad n'a pas peur, pas encore. Elle regarde, là-haut. Les avions. Noirs dans le ciel blanc. Le bourdonnement, c'est eux.

— Maman, regarde, l'avion, il perd des morceaux…

— Non, il ne perd rien, il jette. Dépêche-toi…

Virtudes s'est mise à courir, comme les autres, vers le métro. Étonnée que sa mère, si calme en temps normal, se décide enfin, Libertad lui emboîte le pas, ravie. Les grands ne courent pas, ils ont oublié à quel point c'est agréable. Libertad trotte, galope, saute, s'agite, ne s'arrête jamais. Les adultes essayent de la ralentir. En pure perte. Elle savoure le plaisir d'avoir deux jambes qui fonctionnent. Huit mois avec une jambe plâtrée, merci, elle a trouvé le temps long, là-bas, à Santander, dans cette maison de repos qu'elle a tellement haïe. Parce que Virtudes ne pouvait pas lui rendre visite. Huit mois sans voir son adorée, sa plus que tout. Elle a retrouvé l'usage de sa jambe, et après, très vite, la compagnie de sa mère. Alors courir avec elle, qui la tient fermement par la main bien qu'elle soit grande, elle a douze ans, elle savoure ce plaisir comme une double ration d'un bonheur à l'état pur. Les avions peuvent bien tomber en morceaux, ça lui est égal, elle les remercie même pour ce moment béni, avec Virtudes, leurs jambes dansant à l'unisson vers la station La Latina, au coin de la rue, à deux pas de la maison.

Ordre alphabétique

Tout finit par arriver. Ce matin, c'est la rentrée. Me voilà dans le lycée, intra-muros. À ma place. Une cour carrée, un faux air de cloître. Des galeries qui courent sur deux étages autour d'un massif central égayé de fleurs tardives et un peu lasses. Des arbres qui commencent à rougeoyer de la feuille. Un décor mélancolique et immuable, qui a vu des centaines et des centaines de filles passer quelques saisons et disparaître vers leur vie. Je fais partie de la chaîne. Quelle chance, maman. Celle que tu n'as pas eue. Je lève les yeux. Le ciel est d'un bleu encore estival, le soleil léger. Un beau jour. Tout est neuf en cette mi-septembre, mais pas d'un neuf crissant, comme au printemps, de n'avoir pas vécu. Plutôt d'un neuf apprêté, pensé, repassé. Prémédité. Je suis nouvelle dans l'établissement, à l'aube de ma vie nouvelle. Tout sur moi est neuf, ma culotte, mes chaussettes, mon kilt. Un festival de jamais porté. Et mon cartable, mes cahiers, mes crayons fraîchement taillés. Mon stylo plume Parker. La meilleure marque, c'est maman qui l'a dit. On me l'a offert à Madrid, l'été dernier. Une évidence. Tiens, un Parker, puisque tu vas au lycée. Je le thésaurise dans son étui particulier. Il ne me manque pas un bouton de guêtre. Je suis tirée à quatre épingles. Je brille comme un sou neuf.

Et je me sens seule. Des filles gravitent autour de moi, vont, viennent, s'agitent dans une confusion qui n'a d'égale que celle que je ressens. Et que je reconnais. Qui n'a rien de nouveau, elle. Je la croyais disparue, surmontée. Je me pensais pareille, habillée pareil, semblable à toutes, dans mon élément. Et voilà que face aux autres, dont seuls un ou deux visages venus de la même école me sont connus, réapparaît le vieux sentiment familier de n'être pas conforme, de ne pas savoir comment entrer dans le rang, pour faire partie du truc. Le même qu'à la maternelle. Le même qu'en primaire. Je ne change pas, je n'avance pas. Je ne me sens jamais à ma place. Les autres ont l'air de baigner dans les certitudes. Il y a déjà des petites bandes qui circulent, avec des meneuses décidées, arrogantes et sûres d'elles. Comment font-elles ? D'où sortent-elles ? Je reste les bras ballants, à désirer vaguement que quelqu'un me prenne par la main et me guide. Quelqu'un dont je n'aurais pas peur.

Des dames qui n'ont pas l'air de rigoler tiennent des dossiers dans leurs mains. Des listes sont affichées. Toute une organisation. Il faut se ranger au bon endroit, sous le papier où l'on repère son nom. Je cherche, d'arbre en arbre. Des platanes. J'aime bien les platanes. Il est beau celui-là, un peu écorché, on lui a arraché des lambeaux d'écorce, mais ça ne fait rien, il a fière allure tout de même. J'appuie la main sur son flanc. Il est chaud de soleil. Je le caresse. On va être copains, c'est clair.

— Alors mademoiselle, on rêve ?

Je sursaute, surprise en pleine évasion. Et je me raidis d'horreur. Mademoiselle. Quelqu'un vient de m'appeler mademoiselle. Je déteste. Ça me griffe à l'intérieur, ça me cingle. C'est un mot qui coupe, qui fouette comme un de ces martinets que maman exècre. Je me retourne. Une des dames revêches, postée devant moi, attend une réponse. Je n'ai aucune idée de ce que je suis censée dire. Je la regarde. Avec dans les yeux la vivacité du veau contemplant le chemin de fer.

— Vous avez perdu votre langue ?

Misère, pas ça. L'expression la plus idiote que peuvent employer les adultes. Mademoiselle pour commencer et, après, le coup de la langue perdue. Ça commence mal. Elle lève un sourcil soupçonneux.

— Votre nom, mademoiselle ?

Voilà, tu vois, quand tu veux, tu poses une question avec une réponse évidente. Si tu pouvais juste supprimer mademoiselle. Je ne suis pas une mademoiselle. Je suis une fille. On a sa dignité. Donner mon nom, je sais faire. Avec mon prénom français.

— Anne Alcalá.

Elle consulte ses fiches. Me trouve tout de suite, forcément, Alcalá, une symphonie en A, impossible à louper. En première ligne, bien ma veine.

— Alcalá, sixième 1, rejoins ton groupe, là-bas.

Elle me signale un autre platane, sympathique aussi. Jusqu'à présent, les feuillus sont mes personnages préférés dans cet établissement. Je me propulse en essayant de prendre l'air averti de la fille qui a tout compris. Sixième 1. J'aime bien, je suis la première de la première classe. Je m'intègre dans le petit troupeau qui me prévoit dans son effectif. Suis immédiatement repérée par un conglomérat de pestes. Quatre ou cinq, déjà ensemble. Je me méfie.

— Comment tu t'appelles ?

— Anne.

— Anne comment ?

— Anne Alcalá.

— Qu'est-ce qu'il fait ton père ?

Drôle de question, comme ça, de but en blanc. Mon père, elles ne savent pas qui c'est, et pourtant elles s'intéressent. C'est plutôt gentil, *a priori*. Elles sont peut-être sympas, après tout, attentives aux autres… Qu'est-ce qu'il fait mon père ?

— Il joue aux échecs, il lit le journal, il a fait la guerre…

— Mais non ! Comme métier ! Qu'est-ce qu'il fait comme métier, ton père ?

Comme métier ? Je n'aime pas leur air de me prendre pour une demeurée. Je tente d'en savoir plus.

— Et vous ? Il fait quoi, votre père ?

Elles répondent toutes en même temps. Ça les passionne, cette histoire de père.

— Bijoutier !

— Pharmacien !

— Notaire !

— Assureur !

C'est le signal que j'attendais. Un métier en *-eur*, ça me fait un point commun. Je peux y aller.

— Fraiseur.

— C'est quoi ?

Je n'en sais rien. Ce que fait papa entre le moment où il part et celui où il revient reste embué dans un mystère appelé *taller*. Atelier. Je ne sais pas ce qui s'y concocte, on n'en parle jamais. Je sais seulement qu'il se moque d'un peu tout le monde, ses chefs, ses collègues, les autres Espagnols et les indigènes français… Il les passe à la moulinette et ça fait rire maman, mais pas moi. J'ai renoncé à comprendre, c'est des trucs d'adulte. Le comité d'accueil lance des suggestions :

— Ça doit être un bureaucrate.

— Non, un jardinier !

— Plutôt un artiste…

Est-ce que je sais ? Mais ça semble leur convenir. Satisfaites, elles partent fondre sur une autre proie. J'ai passé l'épreuve, apparemment. Je suis reçue à l'examen.

Que je crois.

Je me retourne pour voir la nouvelle arrivante. Claire Leroy ! Je me jette sur elle. On s'embrasse comme du bon pain. Ma Claire, ma copine, mon ennemie préférée, ma blonde, ma judo. Elle aussi est contente de me voir. Les détectives l'assiègent.

— Comment tu t'appelles ?

— Claire Leroy.

— Qu'est-ce qu'il fait ton père ?

— Il vous emmerde.

Ah ! je la retrouve comme je l'aime. Les autres apprécient moyen. Elles insistent.

— Qu'est-ce qu'il fait, ton père ?

— Et moi aussi je vous emmerde !

Je ne comprends pas sa réaction. Elles n'ont pas l'air bien finaudes, mais s'intéresser au père des gens n'a rien de méchant. Je prends les devants, ramène ma science :

— Il est juge d'instruction, son père !

— De quoi je me mêle, Anne ? Et vous, bande de nazes, ça vous regarde pas ! Mon père, il se gratte le cul, vous voulez qu'il gratte le vôtre ?

Je sidère, mi-choquée, mi-épatée, comme d'habitude. Je la reconnais bien là, mais le pourquoi de son attitude m'échappe. Je m'apprête à lui poser la question quand je manque tomber à la renverse. On vient de me sauter dessus, avec hurlement à la clé et tentative de chatouilles en prime. Claire réagit, pour me défendre ou en rajouter, je ne sais pas, je n'ai pas le loisir de débrouiller l'écheveau de bras, de jambes et de borborygmes qui m'emprisonne, je ne sais pas qui fait quoi. Je finis par reconnaître, à sa discrétion légendaire, le rire hennissant d'Annette Hadley. On est dans la même classe !

On se congratule comme si on se retrouvait après un tremblement de terre ou un naufrage. Avoir survécu à des grandes vacances suivies d'un changement d'établissement scolaire crée des liens. Elle nous informe qu'elle ne veut plus qu'on l'appelle Annette, elle trouve ce prénom ridicule. Nous devons désormais l'appeler Nanou. Va pour Nanou. Claire s'interroge. Nanou ? N'est-ce point aussi ridicule qu'Annette ? Nanou, en pleine forme décidément, nous saute dessus à nouveau. Chahut mortel.

— Mesdemoiselles, nous ne sommes pas dans une ménagerie ! Ni au cirque ! Veuillez vous ranger, et en silence !

Cette amicale entrée en matière émane de celle qui se présente comme Mme Roussel, notre professeur principale, spécialisée en français-latin. Pas le genre de personne qu'on irait chatouiller sous le menton.

Elle nous demande de nous ranger deux par deux, et nous la suivons jusqu'à la salle de cours. Commence l'appel. Je redoute ce moment, c'est toujours moi la première et je ne sais pas si je dois avancer, reculer, me lever, m'asseoir, répondre « présente ». Ou faire un petit salut de la main façon reine d'Angleterre ? M'enfuir à toutes jambes ? Mme Roussel prend son élan pour lire sa liste et je n'en mène pas large.

— Achard, Marie-Yolande !

— Présente !

Y en a une avant moi ! Je ne sais pas trop si je suis déçue ou soulagée. Soulagée, plutôt. Il va falloir que je compte sur une autre force que l'alphabet pour me positionner en tête. Bénie sois-tu, Marie-Yolande, amortisseuse de choc. Entre parenthèses, Marie-Yolande, ça vaut largement Angustias, comme prénom à la noix. Mais ici, personne ne connaît mon vrai prénom. Je reste clandestine, fidèle à la tradition familiale, comme papa autrefois en Espagne. Je me sens investie d'un mystère particulier, d'une aura de résistance dont les autres n'ont pas idée.

Mme Roussel refuse que l'on se place par affinités, ce qui me permettrait de m'asseoir à côté de Claire ou de Nanou. Les veinardes, elles se retrouvent côte à côte au milieu de la salle, bien planquées. Et moi au premier rang, quelle poisse. À l'opposé du bureau, ouf. Je ne serai pas juste sous les yeux de Roussel la cerbère que je trouve déjà très antipathique, ça n'a pas traîné. À côté de moi, Marie-Yolande, forcément. Elle près du mur, moi à sa droite. Je la détaille du coin de l'œil. Blondinette, coupe au carré, tout en gris, barrette d'écaille retenant sa frange et chaussettes qui dégoulinent. Affable, l'œil bleu un peu globuleux, la paupière à mi-course, déjà un petit air fatigué. Elle ne se tient pas très droite, se ratatine sur son siège, je fais une tête de plus qu'elle. Mme Roussel nous explique des tas de trucs. Je me concentre. Marie-Yolande, indifférente, gribouille sur son cahier. Le monde est en ordre, et moi à ma place.

Le poste à galène

Virtudes s'assied dans son fauteuil bas, celui qu'elle préfère, et se détend immédiatement. Elle aime le moment de tranquillité qui précède le dîner. Libertad interrompt ses devoirs, arrive en sautillant, fait le tour de sa mère à cloche-pied. Cette enfant ne tient pas en place.

— S'il te plaît, va t'agiter ailleurs, tu me tournes la tête !

— Mais je te touche même pas !

— Arrête-toi deux minutes, veux-tu ?

— Je voudrais savoir… Pourquoi faut-il absolument broder ?

— Parce que c'est joli.

— Maman, quand c'est moi qui le fais, c'est pas joli du tout… Tiens, regarde.

Elle lui montre son œuvre. Virtudes a du mal à réprimer un sourire. Sa benjamine ne partage en rien le goût de sa grande sœur pour la belle ouvrage. Elle doit rendre pour le lendemain un bavoir censé s'agrémenter d'une jolie frise bleu ciel. Le pauvre morceau de piqué de coton, autrefois blanc, est devenu un haillon, un tortillon de souffrance, d'une couleur douteuse. La broderie en est à un tiers de son exécution, le mot n'est pas trop fort. Exécutée sans sommation. Assassinée. De guingois, irrégulière, fleurant bon la mauvaise volonté et un manque total d'intérêt. De quoi donner à sa professeur de couture une raison supplémentaire de désespérer de son élève, et de la punir de nouveau.

— Il faut bien que tu apprennes.

— Mais pourquoi, maman, pourquoi ? Je voudrais juste comprendre. Pourquoi faut-il que j'apprenne ce qui ne me servira jamais à rien ? C'est pas logique.

— Parce qu'il y a des choses que toutes les jeunes filles doivent savoir.

— Dessiner avec du fil sur un vêtement que personne ne va porter, c'est perdre son temps. En plus, on bave tout aussi bien sur un bavoir sans fioritures !

— Un jour viendra où tu devras tenir ta maison, pour ta famille, ton mari et tes enfants.

— Des enfants ? J'en aurai pas ! Une aventurière ne se marie pas, une aventurière ne brode pas. Quand je serai pilote, ça me servira à quoi ? Que veux-tu broder dans un cockpit ?

— Tu dis ça maintenant, mais un jour tu seras contente d'avoir appris.

— Les garçons se marient bien, et pourtant ils ne brodent pas ! C'est pas juste !

— Les garçons, c'est différent. Ils doivent étudier, faire carrière, pour nourrir leur famille. Ils ne jouent pas le même rôle, comprends-tu ?

— Mon mari me nourrira, et moi je broderai ?

— Tu feras aussi beaucoup d'autres choses…

— Et s'il meurt, comme papa ?

L'argument a de la force. Virtudes en demeure pensive. Harmonia vient d'entrer, a entendu les dernières phrases, se sent plus proche des réticences de sa sœur que des inquiétudes de sa mère, encore si imprégnée de principes religieux, de sens du devoir et de la crainte du qu'en-dira-t-on. Ses dix ans d'écart avec sa cadette lui donnent toutes les indulgences, en font une deuxième mère, plus proche, plus complice. Elle s'amuse des rodomontades de sa sœur. Elle-même ne pratique les travaux d'aiguille que par plaisir. Il ferait beau voir qu'on les lui impose. Or son jeune âge met Libertad à la merci de ces bonnes sœurs qui exigent des élèves une extrême minutie et infligent aux maladroites et aux récalcitrantes des punitions lourdes et systématiques. Libertad est aux premières loges. Pour Harmonia, les souvenirs sont encore frais, de l'ennui, de la discipline, de tout ce qu'elle a enduré naguère. Elle laisserait volontiers à sa sœur la bride sur le cou. La petite ne brille pas par la docilité. Elle cultive des centres d'intérêt inhabituels. Préfère le fil de cuivre au fil à coudre. Raffole des histoires d'explorateurs, de pionniers, de tout ce qui à ses yeux évoque l'aventure. Se passionne pour les inventions modernes qui promettent un monde nouveau, magique. Elle offre un curieux mélange de goût pour le fantastique, le rêve, la musique et la danse, et pour le concret, le technique, le mécanique, les sciences. Son frère Pepe la prend volontiers sous son aile, lui farcit la tête avec ses propres lubies. Il aime jouer les savants fous, passe son temps à théoriser sur toutes sortes d'engins propres à faciliter le quotidien de ses contemporains, voire à révolutionner l'avenir de l'humanité. Puis il tente de les mettre au point de bric et de broc, avec les moyens du bord. Ilitch, son frère aîné, fantasme sur les brevets qui pourraient en résulter et rapporter une fortune, mais Pepe préfère rester un rat de laboratoire, altruiste et désintéressé. Libertad le suit, devient pour lui la plus attentive des disciples. Ensemble, ils fabriquent des maquettes, des petits moteurs, des batteries électriques, des postes à galène. Point n'est besoin alors de faire appel à la discipline ou à la concentration de Libertad. Enfin calme, elle se passionne, comprend avant qu'on lui explique, met tout le soin nécessaire à découper, coller, visser, brancher… Sa fierté la première fois qu'elle a capté un programme sur une radio qu'elle avait fabriquée elle-même ! Chercher des longueurs d'onde exotiques, capter des musiques inconnues et des paroles étrangères, ça a une autre allure que de compter les fils d'un bavoir…

Virtudes s'inquiète parfois des étranges penchants de sa cadette :

— Il ne faudrait pas en faire une *marimacho*.

— Maman, tu sais bien qu'on peut tout obtenir d'elle par la douceur, et rien par la contrainte.

Harmonia prend la broderie, s'assied à côté de sa mère et apostrophe sa sœur :

— Apporte-moi du fil…

Libertad ne se le fait pas dire deux fois, revient au triple galop, un écheveau de soie bleu ciel à la main. Harmonia enfile son aiguille, la fait voler sur le haillon avec une aisance et une rapidité époustouflantes. Virtudes résiste mollement :

— Tu ne devrais pas faire ça, tu l'encourages…

— Laisse, maman, ce n'est rien, j'en ai pour cinq minutes.

Libertad insiste :

— C'est tellement ennuyeux ce qu'on fait faire aux filles, ça donne envie de mourir.

Virtudes, un brin superstitieuse, aimerait que sa fille cesse d'évoquer le sujet.

— Ne dis pas de bêtises, Libertad, ne parle pas de ce que tu ne connais pas, veux-tu.

— Les garçons font des choses intéressantes et nous tout ce qui est pénible ou ennuyeux. Ils ont le droit de ne rien faire, ou des choses qui ne servent à rien. Nous, on doit se rendre utiles. Enfin, utiles. Si on pense qu'un bavoir est utile. Personnellement, je trouve les avions plus utiles que les bavoirs.

Harmonia, comme toujours, tempère.

— Libertad, imagines-tu une bonne sœur dans un avion, avec sa cornette et ses voiles ? Je t'assure, il vaut mieux qu'elles restent où elles sont.

Virtudes ne goûte que très modérément l'ironie de ses filles. Non qu'elle soit pétrie de déférence pour les bondieuseries, mais elle se garde de critiquer l'institution, à laquelle elle a confié l'éducation de ses enfants. Elle pratique une religion personnelle, qui ne s'embarrasse pas de rites. Elle prie chaque jour, se rend à l'église très souvent, mais jamais à la messe. Elle ne se confesse pas et ne communie pas. S'adresse à Dieu directement, en toute modestie. Elle ne peut que constater qu'aucun de ses enfants n'a hérité de sa foi. Et qu'ils cultivent de solides préventions contre l'Église et ses représentants. Virtudes ne fait rien pour s'y opposer. Plus fort que son sentiment religieux, s'y ajoutant et le renforçant, vient son sens du respect pour autrui. Toute sa vie, on l'a gavée de préjugés, de superstitions, d'idées rétrogrades. Elle en a conscience et mesure à quel point il est compliqué de s'en débarrasser. Elle tient à laisser ses enfants libres de leurs choix personnels, intimes. Aussi longtemps qu'ils ne donnent pas au voisinage des motifs de commérage, elle les laissera penser par eux-mêmes. Une veuve, sans homme adulte à la maison, risque toujours de faire jaser. Virtudes porte bien son nom, elle élève entre sa famille et l'extérieur une muraille de vertu, et n'en fait qu'à sa tête selon des critères qui lui sont propres.

Tout en parlant, Harmonia a expédié la tâche de sa cadette. La frise, amorcée en calamité, s'est poursuivie en apothéose, fils comptés, points réguliers, comme un torrent impétueux métamorphosé en canal rectiligne, ou un sentier caillouteux en impeccable allée sablée. Comme une ligne d'écriture, commencée par un analphabète et terminée par un calligraphe. Une perfection que la prof ne gobera pas. Tant pis. Libertad risque une nouvelle punition, pour tricherie cette fois-ci, mais peu lui importe. Elle saute au cou de sa sœur, qui manie l'aiguille comme un justicier l'épée, pour la défendre. Elle se sent protégée. Des brimades à venir, aucune ne l'atteindra en profondeur.

NOBLESSE OBLIGE

Les choses se mettent en place. Je m'habitue aux galopades dans les galeries entre les cours, aux surveillantes qui nous jettent des regards peu amènes, aux bandes de frimeuses qui promènent leur crétinerie sur leur visage… Mais j'ai du mal avec ma voisine, Marie-Yolande. Elle est ceinture noire de bavardage, elle va finir par me valoir des ennuis. Elle s'en fout, d'apprendre. Moi, ce n'est pas que tout me passionne, mais je m'intéresse. Et je me suis engagée, vis-à-vis de maman, et de papa aussi. Pas elle, qui suit sa propre longueur d'onde, ne se laisse pas distraire par les soliloques des profs. Elle a toujours un sujet sur le feu. Plus exactement, elle trouve toujours un nouvel angle pour aborder le même thème. Elle commence par me poser une question qui a l'air de me concerner, puis embraye directement sur son thème de prédilection. Elle-même. Il est inutile de répondre, il suffit de la laisser sur sa lancée, commencer ses phrases par : « Parce que moi… » Technique élémentaire mais efficace.

— T'habites où ? Chez tes parents ?

Elle en a de bonnes. T'en connais beaucoup, des filles de onze ans qui vivent seules ?

— Parce que moi, j'habite chez mes grands-parents !

Passionnant ! Je m'apprête à railler le côté fascinant de cette révélation, quand l'idée me frappe qu'elle est peut-être orpheline. Quelle horreur ! Ses parents sont morts, dans un accident. D'avion ? De voiture ? Submergée de compassion, je la regarde d'un autre œil, moi qui ai la chance d'avoir les miens.

Contente de son effet et se méprenant sur mon changement d'expression, elle assène :

— Mes parents vivent à Rotterdam. C'est en Hollande.

— Sans blague. C'est pas en Grèce ?

Et moi qui me laissais émouvoir. Mon oncle de Madrid, le Tete Pepe, a eu une fiancée, Elena, qui nous apprenait à jurer en cinq langues et venait justement de Rotterdam. Elle nous épatait davantage par la taille microscopique de ses bikinis que par son adresse batave.

— Et chez toi, y a quoi, par terre ? De la moquette ? Y a de la moquette ?

Les revêtements de sol, maintenant. Elle se surpasse.

— Parce que chez moi…

Bla-bla-bla… La mission de son père prend fin dans quelques mois, il rentre à Paris, alors elle partira d'ici et habitera dans les beaux quartiers, avec des mètres carrés à la pelle et de la moquette dessus. Fascinant. Je résiste.

— La moquette, c'est sale. Je préfère le parquet.

— Qu'est-ce qu'il fait ton père ?

Ah, non, pas ça. Pas maintenant. Pas encore. Pas elle. Voilà qui sonne le glas de ma récente compassion. Elle me fatigue, miss Sherlock, avec ses interrogatoires. Je me tourne ostensiblement vers l'estrade. Ça ne lui pose aucun problème. Elle parle à mon dos.

— Parce que moi, mon père, il est directeur, dans le pétrole ! C'est un métier très important !

C'est les Keskifétonpère qui vont être contentes. Directeur dans le pétrole. J'espère qu'il sait nager, ça doit poisser. Elle est déjà passée à autre chose, revient à la charge sur une autre monture.

— Tu t'appelles Anne Alcalà ?

On ne peut rien lui cacher. Ma pauvre, je ne vais pas t'expliquer comment je m'appelle, comment j'ai changé de prénom, ça ne te regarde pas, et en plus, je parie que tu t'en fiches.

— Parce que moi, je m'appelle pas vraiment Marie-Yolande Achard…

Gagné. Éteignez-la, je n'en peux plus.

— Je m'appelle Marie-Yolande Achard de l'Escale. En vrai, je suis noble, j'ai une particule !

On ne leur a donc pas tous coupé la tête, aux rallongés du patronyme. Si on pouvait déjà lui guillotiner la langue, à celle-ci.

— Tu sais, c'est un secret. D'habitude, je le dis pas, par discrétion.

Discrétion. Le mot que je cherchais.

— Parce que moi, ma famille, elle remonte au Moyen Âge !

Toutes les familles remontent au chimpanzé en passant par Cro-Magnon, banane.

À la récré, assommée de babillage, je cherche un peu d'oxygène auprès de Claire. Je lui rapporte les révélations de ma très volubile voisine. Comme prévu, elle se gondole. Une particule ? T'as mal entendu ! C'est des pellicules qu'elle a, faut pas confondre ! Qu'est-ce qu'on s'en fout, de son nom à tiroirs ! Le rire de Claire ! Je m'écroule avec elle, ça me fait du bien. Du coup, Marie-Yolande, son nom, on le lui a raccourci. Guillotiné. On l'appellera Mayo. Ça lui apprendra. Je remonte en classe ragaillardie.

Mayo repasse à l'attaque aussi sec. On a une heure de permanence, pas de prof. Je ne peux même pas faire semblant de me concentrer sur le cours. Elle a quartier libre, et moi pas d'échappatoire.

— Tu pars au ski, à Noël ?

Elle commence à me courir, il est temps de prendre le taureau par les cornes. Je lui fais face.

— Tu m'as dit un secret, je vais t'en dire un aussi. Tu veux ?

Si elle veut ! Moi qui ne lui dis jamais rien… Elle frétille !

— Mais attention, faut que tu me promettes de pas le répéter, à personne, jamais.

Elle se penche vers moi, à me toucher. Ferrée.

— Ça pourrait être dangereux, tu comprends ?

Ses yeux comme des soucoupes. Je jette un regard furtif derrière moi, comme pour vérifier que nulle oreille importune ne traîne sur mes confidences. Je chuchote, à la limite de l'audible :

— Je vais pas au ski, ni personne de ma famille. On n'a pas le droit…

Pas le droit d'aller au ski ? Je suis en pleine impro.

— Tout à l'heure, tu m'as demandé ce que fait mon père, tu as remarqué que j'ai pas répondu ?

Elle n'avait pas remarqué, mais elle fait oui.

— Mon père, il a pas le droit de voyager. Il est obligé de rester ici tout le temps. Il est en mission secrète. Tu sais, il est espagnol, de l'armée en déroute, et quand il était jeune, il a fait la révolution, il a posé des bombes, tout ça. Alors maintenant…

Je suspends ma phrase. Vérifie encore par-dessus mon épaule. Elle jette un coup d'œil aussi, on n'est jamais trop prudente, m'encourage du regard.

— Maintenant, il est espion. Il fait semblant qu'on est une famille normale pour que personne se doute de rien.

— Il espionne quoi ?

Bonne question. Je n'en sais rien, moi, de ce qu'il espionne. Mais une fois lancée, ça me vient tout seul.

— C'est justement ça qui est secret, on a pas le droit de savoir. Mais si tu veux mon avis…

Bien sûr qu'elle le veut !

— Il espionne les autres Espagnols, pour le compte du gouvernement clandestin… Et tu sais pourquoi on lui a confié cette mission ?

Non, mais elle ne demande qu'à savoir.

— Parce qu'il vient d'une vieille famille noble, qui remonte aux croisades !

Bluffée.

— Alors, tu es noble toi aussi ?

— Mon vrai nom, mais ne le répète pas, c'est Angustias Alcalá de Santa Cruz. Tu entends la particule ? Plus noble, y a pas.

— Oui, je sais, les grands d'Espagne, c'est connu…

Elle me regarde avec des yeux nouveaux. Je me demande si je vais raconter ça à Claire. J'ai menti avec un aplomb qui m'épate, pour un peu ça m'inquiéterait. En attendant, elle va arrêter d'essayer de m'en mettre plein la vue. J'aurai la paix. Erreur. Depuis qu'elle me sait noble, Mayo se rapproche de moi. Me colle à la particule. Imprévue complicité d'aristocrates. Se montre avide de renseignements sur les activités secrètes de mon espion de père. J'en rajoute, encouragée par sa crédulité. Je commence à y prendre goût et à tenir le crachoir avec des rebondissements inattendus. Mais Mayo n'a pas dit son dernier mot. Pas facile de la faire taire. Elle est bâtie comme une allumette, mais elle a de la ressource. Et à son arc, une corde qui me cloue le bec.

Nous somnolons tranquillement pendant le cours de cette langue qui, contrairement à celle de Mayo, est morte depuis longtemps. Je viens de découvrir que certains adverbes latins sont quasi identiques à leur équivalent castillan : *semper* et *siempre, nunquam* et *nunca*. Je progresse en terrain connu, ça me donne de l'avance. J'en suis à savourer en secret mon indéniable supériorité lexicale sur mes condisciples quand Mayo, les yeux dans le vague, me saisit le bras et enfonce ses ongles dans ma peau. Elle est folle ou quoi ? Je me retiens de hurler, parce que Mme Roussel a une compréhension limitée pour les débordements et qu'elle me fout la trouille. Je tente de me dégager, impossible, elle me broie jusqu'à l'os et siffle entre ses dents :

— Là, maintenant, c'est horrible, tu peux pas savoir comme c'est horrible…

Elle n'a pas l'air de rigoler. Je regarde dans la même direction qu'elle, histoire de repérer la physionomie du monstre qui vient de s'immiscer dans la léthargie de nos premières déclinaisons. Mais ses yeux ne fixent que le vague.

— Là, ça coule, c'est affreux, c'est affreux…

— Qu'est-ce qui coule ? Qu'est-ce qui est affreux ?

Elle siffle entre ses dents.

— J'ai mes règles… Y a du sang, qui coule, là, juste quand je te parle… C'est atroce !

Je la regarde. Horrifiée.

— Ça fait mal ?

— C'est pire. Ça fait pire que mal. Ça coule…

Plus qu'horrifiée. Atrocifiée. Crucifiée. Abominifiée. Et curieuse.

— Comme du pipi ?

— Pire. Bien pire… C'est pire que tout… Tu peux pas imaginer…

Je visualise une sorte de cascade, mais comment est-il possible qu'un tel cataclysme soit invisible à l'œil nu ? Elle relâche un peu. Mon bras respire. Non, ça la reprend, elle rebroie. Elle a ses règles et moi un bras en compote.

— Tu les as, toi ?

— Quoi ?

— Ben, tes règles, pardi !

— Non, pas encore…

— Tu verras. Quand tu les auras. C'est horrible…

Elle m'a eue. Mon espion de père peut aller se rhabiller avec sa particule, ses codes secrets, ses caches clandestines et ses valises à double fond. Comment surenchérir à un tel désastre, je ne vois pas. Ce que je vois très bien, en revanche, c'est qu'un jour ou l'autre ça va me tomber dessus tout pareil. Catastrophe.

J'en suis encore toute secouée quand je montre à Nanou et Claire les marques sur mon bras et l'horrible drame qui les a provoquées.

La première se partage entre perplexité et suspicion. Ses grandes sœurs n'ont jamais fait un tel cinéma, assure-t-elle. Claire, évidemment, ricane. L'histoire la met en joie :

— Pauvre chochotte ! Si ça peut la consoler, Mayo, une semaine par mois, on l'appellera Ketchup !

LA VIE EN ROSE

Le soir dans mon lit, avec la hauteur de vue que me donne la couchette supérieure des lits superposés que je partage avec Mico, je réfléchis. Il faut que je récapitule, que je range, que je mette un peu d'ordre dans mon *cacao mental*, ou Mayo va me faire tourner chèvre. Avec un peu de méthode, de la logique et des relations de cause à effet fondées sur des observations rationnelles, je devrais y voir plus clair.

On dit que le rose est la couleur des filles. On dit aussi que la vie n'est pas rose. Dois-je en déduire que la vie n'est pas un truc pour fille, et c'est décourageant, ou qu'en rose la vie serait plus belle, et c'est flatteur ?

Vue de l'espace, la Terre est bleue. Dois-je en déduire qu'elle est faite pour les garçons, et que nous ne sommes pas chez nous, étrangères sur notre propre planète ? Que le rose est un enclos, un territoire d'assignation à résidence, comme Vieillottes pour papa ?

Si je me fie à Mayo, mes soupçons les plus précoces se confirment. Être une fille, c'est l'arnaque. Et c'est pour la vie. On ne cesse d'être une petite fille que pour devenir une jeune fille. Tout un programme, dont ma voisine de pupitre m'a livré en direct un moment crucial. Variation sur le mot fille, visa pour une sous-vie. Jeune fille. Teint de jeune fille. Vraie jeune fille. Vie de jeune fille. Nom de jeune fille. Un parcours semé d'embûches, de choses, de roses, qu'on perd, qu'on risque de perdre ou qui vous perdent. Jeune fille, c'est toujours une prison avec de la dentelle autour. Il faut être une fille pour connaître le prix du rose.

Qu'on ne s'y méprenne pas. Je n'ai aucune envie d'être un garçon. Je ne suis pas un garçon manqué. Je n'ai rien d'un garçon, et rien de manqué. Mais les garçons, on ne leur fait pas le coup des froufrous qui cachent des corvées. On ne leur fait pas le coup du ruban qui étouffe et des chichis qui tuent. On leur fiche la paix. Et ça, oui, ça me fait envie. Être juste une fille. Pas jeune, ni vieille, ni vraie, ni fausse. Une fille. Une fille tout court. Avec la bride sur le cou et des souliers plats. Aller où je veux, quand je veux, comme je veux et avec qui je veux. Une fille libre. Pas une fille emballée comme un cadeau. Qui ne se salit pas. Qui ne dit pas de gros mots. Qui ne comprend pas les blagues salaces. Qui court en faisant des s avec les genoux. Qui rit pointu, en *i*, jamais aux éclats en *a*. Et en mettant sa main devant sa bouche pour cacher quoi, on sait pas. Sa soif de vivre, peut-être…

La nuit, le silence, l'abri douillet perché au-dessus des contingences rapetissent le monde, dissolvent les problèmes. Les moulins diurnes et leurs immenses pales deviennent dérisoires tourniquets de fête foraine. Blottie bien au chaud sous les draps, je me vois, telle la capitaine d'un navire de toile, à bord de mon vaisseau aérien, bousculer des géants, enjamber des murailles et tordre le cou à la fatalité. Les causes perdues, les batailles ingagnables, les défis surhumains se font marelle, ruisseau, broutille. Peut-être ne fais-je que suivre l'atavisme de mon clan, de ces lignées de perdants, admirables à mes yeux, capables de renoncer à tout sauf à leurs exigences. Je n'en suis pas à ma première bataille. J'ai déjà essuyé une sévère défaite, dont j'ai cru ne jamais me remettre.

Je pars en flash-back, comme dans un film, vers un matin de printemps bien particulier. Matin frisquet d'un mai bourguignon qui paressait dans les frimas, tardait à réchauffer un fond de l'air dont les conversations, dans la file d'attente de l'épicerie de Mlle Mulot, répétaient à l'envi qu'il était frais. Un avril hostile, hypocrite, obstinément humide venait de rendre les armes. « Ne te découvre pas d'un fil » le cédait à « Fais ce qu'il te plaît ». Pour autant, les autochtones demeuraient prudemment emmitouflés. Ils connaissaient leur terroir, attendaient les saints de glace pour entrouvrir les strates de lainage qui préservent du mauvais rhume. Et encore. Le temps leur inspirait une méfiance inscrite au plus profond par des siècles de semailles gelées, de moissons desséchées et de vendanges noyées. Ils élevaient entre eux et les intempéries une muraille incantatoire de proverbes et de superstitions aussi inutile que réconfortante.

J'avais décidé de vaincre le temps. Je m'attaquais à plus fort que moi, sous-estimais largement le pouvoir implacable de mon ennemi. Mon extrême jeunesse explique ma naïveté. Quelques années de plus m'auraient permis de mesurer l'ampleur du défi et, sans doute, de renoncer. Mais à neuf ans, on ne doute de rien. Les vents coulis qui glissent une grippe sournoise par-dessous les portes et les jupons, le fourbe crachin qui s'infiltre de l'imperméable jusqu'à l'os et même les insolations qui punissent l'imprudente affrontant juillet sans chapeau ne me faisaient pas peur. Je ne partageais en rien les frilosités circonspectes de mes concitoyens. J'aimais la pluie, le vent et j'idolâtrais le soleil en ses rares apparitions si loin de ce Sud méconnu qui coulait dans mes veines. Les aléas de la météo me laissaient de marbre. Je ne m'attaquais pas au temps qu'il fait. Mon ambition, autrement flamboyante, portait sur l'autre temps. Celui qui passe.

Je n'y allais pas sans biscuits. Je m'étais documentée. J'avais pérégriné dans le dictionnaire. Débusqué le mot exact : inéluctable. Cinq syllabes, le bon calibre. J'avais une prédilection pour les mots qui traînent en longueur, qui résistent à la première mise en bouche, qu'on doit apprivoiser et qu'on ne maîtrise qu'après entraînement. Pithécanthrope, énergumène, coléoptère, gastéropode, hypocondriaque. Difficiles à caser dans la conversation d'une écolière, mais ça n'avait aucune importance. Je les gardais pour moi, les savourais en solitaire. Les répétais pour le plaisir comme on enfile des perles pour s'en faire un collier. Avec seulement vingt-six lettres on peut se faire de somptueux bijoux. Je m'attaquais à l'inéluctable, donc. Du latin *eluctari*. Ce qui ne peut être évité. Inscrit dans l'avenir. Inévitable. Et inacceptable. Ces mots qualifiaient au plus près l'ennemi. Celui que j'avais décidé de rayer de la carte. Mon dixième anniversaire.

Comment j'allais me débrouiller, je ne savais pas. Personne n'avait jamais réussi ce genre d'exploit. Jamais. Je serais donc la première à arrêter le temps. Par la force de mon esprit sur mon corps.

J'allais me retenir de grandir. Rester en l'état. Neuf ans, le bel âge. L'âge parfait. Le dernier âge à un chiffre. À neuf ans, on est petite, légère, agile, on n'a rien d'autre à faire qu'apprendre et jouer. Je voulais en rester là. Ça me convenait parfaitement. Les autres pouvaient bien continuer s'ils voulaient, moi, j'arrêtais. Au-delà, c'était le début de la fin. La bascule dans l'âge à deux chiffres. Dix ans, la première marche vers le cimetière, le sombre caveau et l'asticot grouillant. Hors de question. Je refusais que la dizaine me précipite dans la tombe, me colle à la peau pour toujours comme une étiquette néfaste. Je n'étais pas un pot de confiture sur l'étagère des siècles. Je ne voulais pas mourir.

Les enfants veulent tous grandir. À croire qu'ils ne regardent pas autour d'eux. Libertad et Angel, mes parents et adultes préférés, je les prends comme ils sont. Plutôt réussis, si on les compare à d'autres. Mais on ne m'ôtera pas de l'idée qu'ils étaient plus heureux quand ils étaient petits. Quand il n'y avait pas eu la guerre et qu'ils ne pensaient qu'à s'amuser. Moi, même sans guerre, je n'avais pas envie d'aller explorer au-delà de la barrière inéluctable. Inévitable. Irréversible. Dix ans. L'horreur.

Je n'ai rien dit à personne. Ni à maman ni à papa. Ma résistance à devenir comme eux aurait pu les froisser. Ni à Rodrigo, mon grand frère, qui rêvait encore d'atteindre l'âge des exploits et des conquêtes.

Ni à Gonzalo, mon petit frère, qui voulaitt toujours devenir grand et fort pour échapper à toute autorité. Ni à Mico, la benjamine, plus roudoudou, plus jolie, plus souriante, petite chez les petites, dont je jalousais la grâce et la mignonnerie. Son retard sur moi lui garantissait une victoire permanente dans cette implacable bataille. Je menais donc mon action en solitaire et en silence. Je me retenais de grandir par le seul pouvoir de ma volonté. Je me contractais, me rétractais, me rétrécissais. À la gym, je faisais la roue sur la plus petite distance possible, au lieu de l'allonger comme il se doit. Je me jugulais le développement. De toutes mes forces. Je renonçais mentalement à tout cadeau d'anniversaire, il faut savoir faire des sacrifices. Les jours passaient, et les semaines. Je ne bougeais pas. Ça allait peut-être marcher. Tous les espoirs étaient permis. De même qu'on ne se voit pas changer tous les jours, on ne se voit pas ne pas changer. Logique. Le jour J approchait. Il allait arriver et il ne se passerait rien. J'aurais réussi à me faire oublier du temps. Je resterais pour toujours Angustias, *alias* Gus, *alias* Ana, *alias* Anne, neuf ans.

Puis il y a ce frisquet matin de mai. Maman entre dans la chambre. Je ne dors pas. Je garde les yeux fermés, en espérant, aux aguets, qu'il ne se passera surtout rien de spécial, qu'elle se contentera de nous réveiller comme d'habitude. Je sens son poids sur le bord de mon lit. À l'intérieur de moi, ça commence à s'écrouler. Elle ne s'assoit que quand je suis malade. Ou quand c'est mon anniversaire. Si c'est bien mon anniversaire, je vais en être malade, ce qui lui fait deux bonnes raisons de se poser là, toute guillerette. Elle m'effleure la joue d'un baiser et me chuchote qu'il y a dix ans nous avons vécu ensemble une expérience formidable. Elle me félicite d'exister alors que je garde les paupières closes sur mon avalanche interne. Puis elle susurre : « *Feliz cumpleaños, hija mía* » tout près de mon oreille et je comprends que j'ai perdu. Le rite, répété quatre fois par an pour mes deux frères, ma sœur et moi, va se dérouler sans être affecté par mes efforts. À midi, mes plats préférés au menu. Le soir, immuablement, le repas de fête, le cadeau et le gâteau de tous les anniversaires, confectionné par Harmonia dans sa cuisine et apporté avec des ruses de Sioux, couvert d'un torchon pour en préserver le mystère plus qu'éventé. Une couche de petits-beurre rapidement plongés dans du vin blanc, une couche de chocolat fondu, re-couche de petits-beurre, une couche de jaune d'œuf battu avec du sucre et ainsi de suite jusqu'à une hauteur de six ou sept centimètres. L'édifice est ensuite recouvert, selon les préférences de l'*homenajeado*, de chocolat, de chantilly, de vermicelles multicolores ou d'amandes effilées. On y plante les bougies. Dix. Résignée, je les souffle alors que la famille enthousiaste entonne : « *Te deseamos todooos, cumpleaaaños feliiiiz !!!!!* » Je fais semblant de partager l'allégresse ambiante. Je haïrai désormais les anniversaires. J'ai dix ans. Dix ans ! J'ai échoué.

Je rends les armes. Adieu le chiffre. Bonjour le nombre. Inéluctable. Mon âge est passé à la vitesse supérieure contre mon gré. Je grandis. Mortelle parmi les mortels. La vie est ainsi faite qu'on ne peut même pas se fier à sa propre carcasse. Elle fait ce qu'elle veut. S'épaissit, s'alourdit, se gondole, s'étire, se déforme. Quelle misère ! On devrait pouvoir contrôler les tribulations de sa propre ossature. Mais la charpente l'emporte sur la matière grise, la croissance sur la volonté. Et on voudrait me faire croire qu'il y a un Dieu quelque part, plus malin que tout le monde… Un omnipotent qui, lui, n'a pas d'âge, ne grandit pas, ne meurt pas. Il se la coule douce et nous sombrons. Face à cette puissance, je ne pouvais que capituler sans conditions. Se battre contre plus fort que soi en étant sûre de perdre, merci. On avait déjà donné, dans la famille. On ne m'y reprendrait plus. Fin du film.

J'en resterais bien là de mes croisades, mais pouvais-je prévoir l'épisode Mayo ? Il va me falloir livrer bataille, une fois de plus. Il n'est point nécessaire d'espérer pour entreprendre, ni de réussir pour persévérer, ça tombe bien. J'ai révisé mes ambitions à la baisse, ça devrait me faciliter la tâche et me valoir l'indulgence du jury, quel qu'il soit. Je ne m'oppose plus au temps qui passe, donnée physique universelle, mais à ma propre programmation biologique, donnée physique personnelle. Ça peut ne pas marcher, mais si on y regarde de près, je ne demande pas grand-chose. Je ne veux pas atteindre la phase Ketchup. Je ne veux pas me laisser saigner. Ni renoncer à ma dignité.

Je ne crie pas mes ambitions sur les toits. Je dois me préserver des railleries. Je ne me confierai qu'à Jeanne d'Arc, celle de Vieillottes, qui s'ennuie ferme à la cathédrale, et à qui une petite visite surprise fait sûrement plaisir. Je ne crois pas aux bigoteries ni aux miracles, mais la Pucelle a vraiment existé, et quand on meurt à dix-neuf ans, on a eu le temps de se faire du souci dans ce domaine. Avoir ses règles en armure, ça ne doit pas être simple. Elle qui n'eut pas besoin d'être adulte pour lever une armée et libérer son pays comprendra sûrement que je n'aie aucune envie de quitter la tribu des petites, mes semblables, pour rentrer dans un monde où les gens comme nous finissent grillés. Je préfère passer directement de petite fille à petite vieille sans passer par la case femme. Contourner les emmerdes. Boycotter le rose.

Il n'y a pas trente-six solutions. Il me faut maîtriser mon sang. Le laisser circuler dans les veines profondes, mais condamner les issues. J'accepte de transiger, à un saignement de nez en cas de surproduction réelle d'hémoglobine. Rien d'autre. Saigner du nez, j'aime bien. Ça m'arrive souvent, à Madrid, il paraît que c'est la chaleur. Quand je sens le minuscule chatouillement annonciateur, je cours m'enfermer dans la salle de bains, devant le lavabo, et je laisse couler, face au miroir à trois pans. Ça me fait des moustaches, puis une double rigole jusqu'en bas du menton, et ça pleut en gouttelettes. Explosion d'étoiles rouges sur blanc de faïence. C'est magnifique. Une œuvre d'art. Ce sang-là, je peux l'aimer. Il n'est ni marque, ni souffrance, ni prison. Il est simplement beau.

Je dois aussi contrôler mes hormones dans leur offensive la plus visible, la plus flagrante. Et la plus embarrassante. Celle qui signe irréfutablement la conspiration. Les nichons. Garder une poitrine plate, surtout. Les pâles boutons qui décorent modestement mon thorax me donnent entière satisfaction. Je leur ordonne de ne pas changer. L'un d'entre eux finit par enfler subrepticement. Oui, ça se confirme. Quelle insolence ! Je me rassemble, me concentre, ferme toutes mes écoutilles et lui intime de rentrer dans le rang, avec son jumeau sage et atrophié. De se dégonfler. Je n'y crois pas trop, mais j'aurai essayé. Je ne relâche pas la pression, répète les séances d'intimidation. Au bout de quelques jours je constate avec jubilation que ça a marché. Ma platitude originelle a repris le dessus. Indéniable. J'ai gagné ! Contre la biologie, excusez du peu ! Ma force mentale existe, elle est puissante et je la contrôle ! Je célèbre l'événement par une frénétique sarabande intérieure parfaitement indiscernable par autrui, clandestinité oblige. C'est une victoire. Autant dire du jamais-vu.

Je ne peux pas garder ça pour moi, il faut que j'en parle à quelqu'un de vivant. Mais qui tienne sa langue. Gonzalo. Lui, on peut tout lui dire. Il ne se moquera pas, il vit dans son monde à lui, pense à sa façon. Il ne sourit que quand il a une bonne raison, et alors, c'est la fête au village. Il se fend comme un fruit éclaté, ses joues se font pomme, ses yeux disparaissent en obliques noires, on dirait un Chinois. À croquer. Et quand il rit, c'est irrésistiblement contagieux. Il m'écoute avec perplexité, trouve bien méandreux mes raisonnements, mes histoires de couleurs.

— C'est pas logique. Si tu en as après les règles, c'est pas contre le rose qu'il faut t'énerver, c'est contre le rouge. Et tu peux pas. Pas dans notre famille…

C'est vrai. On est des rouges. Des vrais. S'il y a une couleur à laquelle on ne peut pas toucher, c'est bien celle-là.

— Non ! C'est bien au rose que j'en veux. C'est pas une vraie couleur, c'est un piège, pour emberlificoter les filles. Y en a pas dans la nature !

— Si ! Y a même une fleur qui s'appelle rose et qui peut être rose, en plus ! Rose au carré…

— Ça compte pas, ça fait partie du guet-apens ! Plus *cursi*, ça se peut pas…

— Le rose, c'est une couleur géniale. Tu verras.

La nuit même, je rêve sous mes draps quand on me secoue doucement. C'est Gonzalo qui me réveille.

— Viens voir, je vais te montrer.

Je n'aime pas trop me lever avant le jour. Mais quand Gonzalo a une idée derrière la tête, pas la peine de résister. On se glisse vers la fenêtre, il ouvre en catimini, écarte le volet, referme vite et nous colle à la vitre, rideaux dans le dos. Il fait nuit noire.

— Attends, et regarde bien.

J'attends. Évidemment, vu sous cet angle, Gonzalo a raison. Le rose, c'est aussi la couleur de l'aube. On s'en met plein les yeux puis on retourne se coucher. Mais je ne dors pas. L'aube, l'aurore, le point du jour, il n'y a rien de plus beau. Rien de plus émouvant. Tellement beau qu'on pourrait en pleurer, si on ne se retenait pas. Et c'est rose, indéniablement. Ça ne résout pas mon problème. Je n'en démords pas. Le rose nous empoisonne, le rose nous emprisonne. Il nous englue dans la guimauve, nous poisse de fanfreluches, de babioles, de délicatesses, de nœuds-nœuds, de gnangnan, de cucul. À bas le rose.

Agent secret

— Tu te marieras en blanc, toi ?

Mayo est en verve dès huit heures du matin, alors que la prof d'histoire vient de se lancer dans la description des dieux égyptiens. On ne manquait pas de fantaisie au pays des pyramides, mais s'étonner de têtes d'oiseaux sur des corps de félins ne suffit pas à enrayer la pesante torpeur que dégage sa voix, en écho à celle de Mayo. Stéréo de l'ennui. Ma voisine a une nouvelle marotte. Le mariage… Je la rassure.

— Ni en blanc, ni en vert, ni en rien.

— Parce que moi, oui. En blanc, à l'église. Dans ma famille, on se marie jeune.

Toujours bouleversante… Je réprime un bâillement.

— Mmm…

— Mon père dit que ça évite les ennuis. On ne peut pas rester fille *ad vitam aeternam*.

Là, j'accroche. Je n'ai pas compris.

— Rester fille ?

J'ignorais qu'être une fille fût un acte volontaire.

— Comme on doit se marier vierge, il vaut mieux pas trop attendre, autrement on peut pas se retenir et on risque de faire fille mère.

Je ne sais pas ce que j'ai, ce matin, je ne comprends rien à rien. Fille mère ?

— Comment ça ?

Je ne veux pas avoir l'air d'une gourde, mais rester fille voudrait dire qu'on peut cesser de l'être ? Pour devenir quoi ? Et risquer de faire fille mère ? Ce galimatias a vraiment un sens, ou Mayo s'est mélangé les pinceaux ?

— Si tu te retrouves enceinte et que t'es pas mariée, ça veut dire que t'es une fille de rien. Une putain, ça s'appelle.

Elle est vulgaire, mais au moins je comprends ce qu'elle dit.

— On dit pas putain, on dit prostituée.

— Pas du tout, ça a rien à voir ! Putain, c'est pire que prostituée !

Ah bon ? À vrai dire je croyais que c'était le même mot, version polie et pas polie. Mayo domine son sujet.

— Une prostituée couche pour gagner de l'argent et nourrir ses enfants, c'est pas de sa faute, alors qu'une putain c'est pire, elle couche juste parce qu'elle aime ça. C'est plus comme une salope, quoi.

Première nouvelle. Elle en sait, finalement, plus long que moi. Et dispose d'un vocabulaire chatoyant. On leur en apprend, des nouveautés, aux filles nobles. Nous voilà loin des tasses de thé et du petit doigt en l'air. Je la laisse parler, c'est le grand avantage de Mayo, il suffit d'attendre, elle déroule.

À la récré, je comprends que je suis la seule à ne pas être au parfum de toutes ces subtilités. Nanou et Claire nagent avec une aisance évidente dans ces mots que je découvre. Dans ces considérations dont je n'avais pas idée. Qui leur a appris ? Et moi qui croyais tout savoir. Encore un truc de Français que mes parents ne pratiquent pas, sûrement.

— Mayo, elle veut se marier en blanc !

Nanou aussi. Elle trouve normal de se garder pour son mari. Se garder ? Comme un plat au chaud ? Et porter la plus belle des robes…

— Comme la prof de gym ?

Nanou ne voit pas où est le problème. Moi si. Mlle Quentin, si jeune et belle et musclée, est revenue un lundi et il a fallu l'appeler Mme Battier. Du coup, on ne sait plus qui c'est. Je la trouve moins belle, moins jeune, moins musclée. Moins intéressante. Ça a tout gâché, qu'elle se marie.

— Elle a aucune fierté, pour se laisser changer de nom comme ça.

Claire, quant à elle, ne veut ni se marier ni approcher un garçon. Elle refuse de pactiser. Ne s'imagine qu'en sainte Blandine face à des fauves. Dévorée plutôt que de se rendre. Une vraie boucherie, avec du sang partout. Elle est romantique comme un boulon de quinze. Aucune des deux n'envisage une carrière de fille perdue. Et moi pas davantage.

Je récapitule. Au départ, tu es vierge. Mais c'est un état passager. Si tu prends le mauvais aiguillage, que tu deviennes fille mère ou que tu passes entre les gouttes, comme dit Mayo, tu te retrouves moins que rien, qu'on méprise plus que tout. On dit de toi qu'il n'y a que le train qui ne t'est pas passé dessus, et toutes sortes d'affreusetés. Tu fais honte à tout le monde, même à ceux qui en ont bien profité. Si tu prends le bon chemin, tu te maries en blanc, et tout le monde est content. Tu as un mari. Et des enfants. Tu n'es pas une fille mère, tu es une mère-mère. Voie royale vers la mémère. Vous savez quoi, Nanou et Claire ? Y a rien qui me fait envie.

Ce n'est pas vrai. Mais je ne peux quand même pas tout leur dire de mes habitudes secrètes, auxquelles, malgré des résolutions renouvelées et toujours trahies, je n'ai jamais réussi à renoncer. La nuit j'écoute mes doigts sur mon corps, experts, précis. Habitués. Je rêve pendant qu'ils se promènent sur ma peau et m'obéissent dans le noir. Ils sont dix et je suis toute seule, comment ferais-je pour leur résister, je ne suis pas de taille… Ils me disent qu'une autre sensation existe, infiniment plus plaisante encore, je le sais, je le pressens. Je devine un élan, un vertige, merveilleux au-delà de tout. Je ne peux pas me tromper. Ma peau ne ment pas. Elle sait.

Le problème, avec les secrets, c'est qu'on ne peut pas en parler. Et ce secret-là, non seulement on ne peut pas, mais on ne doit pas. C'est le secret des secrets. Me voilà réduite, comme toujours, à observer, réfléchir et tirer des conclusions. Je sais que les filles qui traînent avec les garçons sont repérées et font l'objet des ragots les plus pourris. Je ne peux pas me permettre qu'on médise de moi. Je suis condamnée à la perfection. Keski fait mon père ? Il fait espagnol et fauché. Pas le moment d'en remettre une couche qui ferait rougir ma famille, on est assez rouge comme ça.

Je ne peux donc approcher que le garçon que j'épouserai. Lui et seulement lui. Il aura le pouvoir fabuleux de me protéger des mauvaises langues. Sauf que le mariage, je ne peux pas, je ne veux pas. La robe blanche qui fait rêver Nanou me donne de l'urticaire. Si je préserve à la fois la logique et ma réputation, il ne me reste plus qu'à… rester vierge. Pour toujours. Jusqu'à la mort. Et ne jamais connaître ce mystère. Comment faire ? Quel chemin suivre pour ne renoncer à rien ? Même avec mon mari, cet homme qui n'a aucune chance d'exister et dont pourtant j'imagine la peau et la tendresse, et la voix et les mots, comment faire quand je serai dans ces bras-là comme dans mes rêves pour qu'il ne perçoive pas à quel point je suis réceptive ? À quel point je fais partie de ces traînées qui font grimacer Mayo ? Celles qui vont avec les garçons même quand elles n'ont pas d'enfants à nourrir, juste parce qu'elles aiment ça ? Des pas-grand-chose. J'ai même entendu Marie-couche-toi-là comme expression, ça annonce une couleur qui me révulse. Les garçons sont des pièges dans lesquels il ne faut pas tomber. Ça doit être tellement bon quand même. Il faut se contenter de les imaginer. D'en rêver. Chimériques, ils ne peuvent pas nourrir les ragots. Ils sont les seuls amoureux fréquentables. Dommage. Manque de peau.

L'été dernier, lors de mes explorations systématiques dans la bibliothèque du Tete Pepe, à Madrid, j'ai débusqué des livres de poche, rangés un peu en retrait. Pas vraiment cachés, mais glissés de telle manière qu'ils ne sautent pas aux yeux. Des romans policiers, d'espionnage même. Des James Bond, en français, signés Ian Fleming. Attirants comme tout ce qui ne s'adresse pas aux enfants. Je me suis évidemment jetée dessus, discrètement. Dévoré *Bons Baisers de Russie* et *Goldfinger*, avec Sean Connery dessiné en couverture, tellement beau. Je sais qu'on met à l'écart ce genre de livres non pas pour leurs révélations sur les ravages de la guerre froide, mais parce que tôt ou tard un passage croustillant lève un coin du mystère des mystères. Un coin seulement. J'ai beau saisir que c'est bien d'amour physique qu'il s'agit, certaines images restent floues. « Le nœud d'amour se forma », je crois comprendre, mais je ne suis pas tout à fait sûre. Quant à Tatiana Romanova, l'espionne soviétique, elle présente une particularité stupéfiante : « Elle n'était pas vierge. Elle avait la démarche d'une femme qui sait à quoi son corps peut servir. » Sans blague ! Ça se voit à la démarche ? Je m'en vais observer avec d'autres yeux l'allure des femmes. Dans la rue. Dans les films. Au lycée ! Les profs ! Dans la famille ? Discerner cette nuance inouïe qui permet de trier celles qui et celles qui pas. Je tente de me regarder marcher, de lire dans mon reflet sur les vitrines la nuance dans le mouvement qui trahit mon état de pucelle intégrale. Je découvre des difficultés que je n'aurais jamais imaginées. Comment rester discrète, en cas d'amours clandestines, si on révèle, par la simple manière dont on met un pied devant l'autre, ce qu'on fait de son intimité, à Vieillottes, à Madrid ou ailleurs ? Quant à Pussy Galore, qui, à une question de 007, avec qui elle vient de *former le nœud d'amour*, répond : « Dans mon pays, on dit d'une fille vierge qu'elle court plus vite que son frère. À douze ans je courais déjà moins vite que mon oncle », elle me soumet la plus indéchiffrable des énigmes. Si le mot vierge ne figurait pas dans la phrase, je l'aurais comprise au sens athlétique. Il y a autre chose, mais quoi ? Je n'en ai pas la moindre idée.

Fille de rien

Les Keskifétonpère continuent leur manège. Je les observe de loin. Elles ne s'intéressent plus à moi, ont changé de cible. Elles rôdent comme un essaim de guêpes, mènent leur enquête en permanence, imposent un examen mystérieux sanctionné par leur estime. Ou leur dédain. Leurs questions pointues se fichent en pleine poitrine comme des aiguilles de fiel, pétrifient l'esprit. Que répondre pour faire partir des élues ? Aucune idée. Je n'essaye même pas. Je me contente de décoder le verdict de leur regard opaque. Dossier rejeté. Tu n'es pas comme nous. Tu n'es pas seulement différente, tu es moins bien. Tu ne seras jamais des nôtres, tu ne le mérites pas. Passe ton chemin. Je n'ai rien demandé et me voilà cuisante de l'échec à cette épreuve dont les tenants et les aboutissants m'échappent. Je ne comprends qu'une chose : elles me méprisent et ça m'est insupportable.

J'ai fait mes gammes avec le mépris pour l'Espagnole, l'étrangère qui vient d'un peuple de domestiques prétentieux et cruels. Puis j'ai lu le mépris pour les filles dans ces aventures héroïques où nous brillons par notre absence. Qui me renvoient à ce peuple d'oubliées qui n'a jamais rien fait d'intéressant. Pas de sœur pour Zorro, Ivanhoé, Bayard et Christophe Colomb... Et voilà que la fusée à ratatiner l'estime de soi révèle un nouvel étage. Le mépris des Keski emprunte des voies que, dans le cocon du primaire, je n'avais pas soupçonnées. Une certitude impalpable leur donne le droit de me toiser et de décider que non, décidément, je n'en suis pas. Et que ça vient de ce que fait mon père... Je n'ai pas les mots. Je ne sais pas ce que c'est.

Les Keski viennent de familles qui se connaissent et se fréquentent. Elles s'interpellent à cor et à cri, puis baissent la voix pour des messes basses sans fin, s'esclaffent à l'évocation d'événements connus d'elles seules, se taisent ostensiblement quand on s'approche, regardent en biais les prochaines cibles des banderilles qu'elles trempent dans le venin avant utilisation. Je m'entraîne à les ignorer, ou, parfois, à balancer sur leur troupeau jacassant le plus noir, le plus andalou, le plus hautain des jetés de paupière. Mais ça ne trompe personne. Je sais, et elles savent, qu'elles sont les tenancières de l'établissement où je n'ai pas droit d'entrée. Ce sont elles qui me rejettent, pas le contraire. La vérité, c'est que j'aimerais être des leurs et que je me ferais couper en morceaux plutôt que de le reconnaître. Elles me fascinent autant qu'elles m'horripilent. Claire n'a pas mes états d'âme. Elle les accable de son indifférence et de sa morgue. Personne ne vient lui chercher des poux dans la tête. Sa réputation la précède et personne n'a envie d'essuyer les effets de son ironie. Elle les appelle les quéquettes, ça tue. Même si ça ne veut rien dire. Une quéquette, que je sache, ce n'est pas ça.

— C'est ce qu'on veut que ça soit. Quéquettes, ça leur va bien, j'y peux rien…

Ce que les autres pensent lui glisse dessus autant que ça me crucifie.

En déambulant ensemble dans les coins et recoins de notre vénérable établissement, nous avons dégotté une cachette inespérée. Planqué derrière des préfabriqués prétendument temporaires qui moisissent depuis la nuit des temps si l'on en juge par ces outrages que seul le passage des saisons inflige à une construction, dans un espace indécis oublié des jardiniers, envahi par liseron, lierre et herbes folles, se dissimule un tout petit jardin de contrebande. On s'y glisse discrètement, à l'ombre du mur qui isole le lycée des rumeurs du monde. Une oasis, loin de tout, avec un arbrisseau maigrichon, des touffes d'herbe et de petites fleurs inconnues, et un faisceau de racines afférentes qui indique qu'il a fallu, pour édifier les salles précaires, sacrifier un grand, un vieux, un magnifique représentant du peuple des feuillus. Si les souches sont les tombeaux des arbres, celle-ci est un mausolée vaste et serein. On peut s'y recueillir et se laisser consoler. On peut même s'asseoir dessus, cacher des trésors dans ses anfractuosités vermoulues. On y passe nos récrés, en secret. Personne ne sait, personne ne suit. On parle tranquillement. J'interroge Claire :

— Pour qui elles se prennent, les quéquettes ? Pourquoi elles posent tant de questions ?

— Parce qu'elles sont débiles. Pas intéressantes, de toute façon…

— Qu'est-ce que ça peut leur faire, ce que fait mon père ?

— Elles s'en fichent complètement.

— Ben non, elles parlent que de ça…

— Elles veulent juste savoir si t'es une fille bien.

— Quel rapport avec mon père ?

— Ce que fait ton père, ça dit si tu es une fille bien. D'une bonne famille, quoi…

— Ma famille, y a pas mieux, alors ça peut pas être ça !

— Ils ont les moyens, tes parents ?

— Les moyens de quoi ?

— Ils sont riches ou ils sont fauchés ?

— S'ils sont riches, on est une bonne famille, et s'ils sont fauchés, non ?

— Tu comprends vite, mais faut t'expliquer longtemps…

— Ça n'a rien à voir !

— C'est bien ce que je dis, c'est des quéquettes, elles ont rien dans le citron, elles sont con comme une bite sans poignée !

La violence de la révélation, ajoutée à l'énormité du vocabulaire de Claire, me coupe le souffle. J'en tomberais à la renverse si la souche ne constituait un siège d'une remarquable stabilité. Elle a dit con ! C'est la première fois que j'entends une fille prononcer ce mot. Un mot de garçon, de va-nu-pieds, de malpoli, de caniveau. Et bite, en plus ! Il m'arrive de prononcer ce mot, parce qu'il faut bien que certaines choses soient nommées, mais jamais dans une expression, juste dans des phrases qui en ont besoin, ou alors dans des histoires de Toto qu'on se raconte quand il pleut, et où y a toujours des curés, des bonnes sœurs, des poils, tout ça… Con comme une bite ! Elle est gonflée, comment elle parle ! Et elle n'a même pas de frère ! L'audace personnifiée.

Mais le plus inouï, c'est cette affaire de fille bien…

— Toi, alors, tu es une fille bien ?

— Pour les quéquettes, oui, faut croire, mais en vrai, sûrement pas…

— C'est pas bien d'être une fille bien ?

— Si c'est être comme elles, aucun intérêt… Obéir, être bien jolie, bien polie, bien coiffée, remonter ses chaussettes, jamais laisser voir sa culotte, être une parfaite idiote. Tu sais pourquoi ils nous emmerdent autant, avec leurs ordres et leur discipline et tout le bataclan ?

— Pour nous élever !

— Tout le contraire ! Pour nous rabaisser ! On est pas encore tombées de leur côté. Ils le savent bien qu'on est mieux qu'eux ! Ils voudraient qu'on soit comme eux. Ils peuvent toujours s'accrocher !

— Qui exactement ?

— Toute la bande, les quéquettes, les profs, les parents… Tous ceux qui sont là que pour nous faire chier…

Faire chier ? Bon. Faut que j'assimile. Claire, c'est facile pour elle. Malgré tout, elle vient d'une supposée bonne famille, elle est du bon côté. Pas moi. C'est elle qui a décidé de s'en foutre. Mais moi ? Moi, d'autres ont décidé de ma place, à ma place. À leurs yeux, je ne suis pas une fille bien. Pas bonne, ma famille. Mauvaise, donc. Parce que mon père ne fait pas le bon métier. Un bon métier, ce n'est pas quand on se rend utile et qu'on fait bien son travail, c'est quand on gagne de l'argent. Drôle d'idée. C'est comme ça qu'elles voient les choses. C'est injuste. D'abord, papa, il n'a pas eu le choix. Et s'il n'a pas eu le choix, c'est parce qu'il a été obligé de venir en France. Parce qu'il s'est battu pour la République. Alors que leur père, la République, on la leur a offerte toute cuite sur un plateau d'argent. Et si le mien n'en a pas, de l'argent, c'est précisément parce qu'il a été un type bien. Plus que bien. Ils faisaient quoi, les pères des quéquettes, pendant ce temps ? Peu importe. Le résultat, c'est que leur progéniture se permet de regarder de haut la fille d'un combattant de la liberté. Un héros. C'est répugnant.

Mon indignation, je la garde pour moi. Je ne suis pas sûre que Claire puisse comprendre. Après tout, son père exerce comme juge d'instruction. Elle est donc une fille bien. Elle aussi semble perdue dans ses pensées. Elle casse machinalement des petits bouts de bois, en fait des échardes avec ses ongles et se les plante sur le dos de la main à la manière d'une pelote d'épingles…

— Attention, regarde, tu saignes !

— Et alors ?

— Alors tu te fais du mal !

— Pas du tout. Je suis stoïque.

— Stoïque ?

— Comme les Spartiates. Je m'entraîne à souffrir. Il faut mépriser la douleur. Comme ça, on peut plus rien te faire…

Le sang, la douleur… Y aurait-il en Claire une Marie-Yolande qui sommeille ?

— Tu les as ?

— Quoi ?

— Tes règles… ?

— J'aimerais bien…

— T'aimerais bien ? Ça va pas ?

Des fois, pour la suivre, faudrait plus qu'une boussole.

— Moi, le sang, ça me fait pas peur. Regarde…

Elle relève ses manches et me montre ses avant-bras, entaillés par de longues griffures de fraîcheur variable, les unes cicatrisées, les autres encore roses, avec des croûtes dans tous les sens, jusqu'aux coudes. J'interloque.

— C'est quoi ? Ça doit te faire un mal de chien !

— Un mal de tigre. C'est mon tigre, il fait ses griffes, heureusement qu'il est tout jeune…

Je doute.

— T'as un tigre…

— Je l'ai eu pour mon anniversaire. Il a trois mois.

— Tu me prendrais pas un peu pour une débile ?

— Mes parents ont fait un safari, ils m'ont rapporté un tigre. Je voulais un lion, mais un tigre, ça me va, j'aime les rayures.

— Dis donc, sur mon front, y a pas marqué quéquette…

— T'as raison, c'est ce que je leur ai raconté, elles me prennent encore plus pour une folle. Mayo aussi, elle y a cru.

J'éclate de rire. Pauvre Mayo. Elle saigne et on la gave de sornettes.

— C'est quoi, en vrai ?

— C'est mon chat, il est tigré et il griffe comme un sauvage…

— Pourquoi tu le laisses faire ?

— Ça me trempe le caractère… Tu penses bien qu'après ça, mes règles, je les attends de pied ferme.

Qu'est-ce qu'il fait ton père

Si Libertad était française, ce qu'elle ne deviendra que des décennies plus tard, on pourrait procéder à une approximation de type lacanien et gloser à l'infini sur la force du lien qui unit la fillette à la mer. La mer, la mère ? Certes, certes… Le caractère universel de ces considérations se heurte cependant à la question de la langue. En castillan ça ne marche pas. *Mar* et *madre* n'offrent pas le même terrain aux jeux de mots chers à la psychanalyse de bazar. Pour autant, c'est bien auprès de la mer que Libertad trouve le réconfort dont elle a tant besoin dans sa solitude. Elle peut rester des heures face à l'océan, parfaitement immobile sur son fauteuil, fascinée. La sauvagerie et la puissance des vagues, qui feront soixante-dix ans plus tard la joie des kitesurfers, offrent à la petite malade, pour y cacher son chagrin, le somptueux écrin de la baie de Santander, ses odeurs, ses couleurs et son fracas. Elle est inconsolable, comme on ne l'est qu'à cet âge quand on se trouve loin de sa mère. Libertad a sept ans, et on ne lui a jamais dit exactement de quelle maladie elle souffre. Sa jambe droite plâtrée depuis des mois lui fait moins mal que son isolement et la froideur des gens qui prennent soin d'elle.

Libertad doit son admission dans cette maison de santé à l'amitié d'un ponte de la pédiatrie madrilène pour la famille Santa Cruz. D'un point de vue médical, c'est une chance. Pour Virtudes, qui n'a qu'un jour de repos par semaine, un crève-cœur. Franchir en train les quatre cents kilomètres qui séparent la capitale de la station balnéaire prend au minimum une douzaine d'heures. Elle ne rendra à sa fille que trois courtes visites pendant les huit mois de son séjour. Pour Libertad, une tragédie. Une équipe d'infirmières et de religieuses veille sur les enfants malades avec de sains principes d'autorité dénués du moindre respect pour les petits. Libertad en tirera une admiration pour la médecine aussi profonde que son aversion pour la religion, qui virera au fil des années à un anticléricalisme féroce, sans exception ni concession. Quand Virtudes lui demande au téléphone si tout le monde est gentil avec elle, elle répond que tout va bien. Elle tait les brimades, les mensonges, la bêtise profonde des sœurs, et leur cruauté. Elle sait d'instinct qu'il ne servirait à rien d'angoisser sa mère davantage.

Une enfant de sept ans qui ne peut pas courir et peine à marcher sombre facilement dans la neurasthénie. Surtout quand sa vie se réduit à des soins pénibles et à une interminable liste d'obligations et d'interdits ponctués de prières. Immense réfectoire où il faut finir son assiette en silence. Immense dortoir aux ombres effrayantes où il faut dormir bien à plat, les bras le long du corps au-dessus des draps. Immense espace sanitaire où il faut garder sa chemise en toute circonstance, se laver à l'aveugle. Voir un corps, même le sien, même malade, pourrait donner de mauvaises pensées. Il lui faut oublier les jeux, les poursuites, les rondes, les cordes à sauter, les danses… Tout ce qui fait le sel de la vie. Elle sait lire depuis l'âge de cinq ans, mais les livres disponibles ne racontent que l'édifiante vie des saints, écrite tout petit et sans images. À s'écrouler d'ennui. Pas d'illustrés, pas de revues comme à la maison. Broder vaut mieux que lire, lui dit-on. Elle aimait se faire des coiffures devant la glace, en trempant son peigne dans l'eau pour bien aplatir ses cheveux et former des accroche-cœurs, des *caracoles*. Il n'y a aucun miroir, nulle part. Sor Blanca dit que la coquetterie est un péché, que quand on se regarde dans un miroir, même dans une vitre, on voit le diable. Libertad sait bien que non. Donc Sor Blanca ment. Or mentir est un péché. Ça ne colle pas.

Un soir, au dîner, on lui sert des pois chiches. Elle n'aime pas les pois chiches, elle les déteste, elle ne peut pas les avaler sans un haut-le-cœur. Sa mère, adepte du principe « *más vale un gusto que cien panderos* », un seul plaisir vaut mieux que cent tambours, ne la force jamais. Elle demande à ne pas les manger, sait qu'elle n'en est pas capable. Sor Blanca, encore elle, refuse. Libertad essaye, renonce, profite d'un moment d'inattention pour glisser son assiette dans la pile de la desserveuse. Ne remarque pas que l'épaisseur de ce qu'elle n'a pas mangé provoque un petit décalage dans l'ordonnancement parfait des assiettes vides. Mais cela n'échappe pas à l'œil rapace de la sœur. Qui récupère l'assiette intruse, la rapporte, demande à qui elle appartient, qui a osé désobéir. Elle le sait, bien entendu. Libertad se dénonce. La sœur repose devant elle les pois froids et désormais écrabouillés, et gronde.

— Tu sais ce qui arrive aux petites filles qui n'obéissent pas ? Dieu les punit ! *¡Vas a quedarte coja !*

Tu resteras boiteuse toute ta vie ? Libertad est terrifiée, non pas par la menace, à laquelle elle ne croit pas, sa mère lui a promis qu'elle allait guérir, mais par la méchanceté de cette femme. Le reste du repas déroule son immuabilité sans qu'on daigne s'intéresser à elle. Quand tout le monde quitte le réfectoire, elle n'est pas autorisée à se lever. Elle demeure seule devant son assiette, face à la table immense, dans le jour déclinant. Sor Blanca lui précise qu'elle n'aura rien d'autre tant qu'elle n'aura pas rempli son devoir, qui est de manger la nourriture que Dieu a la bienveillance de lui octroyer. Elle attend. Libertad tient bon. La sœur l'envoie se coucher. Libertad ne demande pas son reste, quitte la pièce avec toute la dignité que lui permettent ses béquilles.

Le lendemain matin, au petit déjeuner, Libertad ne peut pas le croire. Devant elle, l'assiette. La même. Elle n'y touche pas. Le stratagème se répète pendant toute la journée. Sor Blanca veille. Le lendemain matin, après trente-six heures de jeûne, Libertad ravale ses sanglots, elle ne lui fera pas ce cadeau, et se force, gramme par gramme, à avaler la répugnante bouillie que sont devenus les pois chiches. Si c'est ça respecter Dieu, c'est que Dieu n'est pas respectable. Sept ans, âge de raison. Heureusement pour elle, Libertad a une capacité à rêver ce qu'elle ne peut vivre qui l'aidera à s'évader toute sa vie.

Un jour, une de ses compagnes de souffrance, Sonia, au petit visage de musaraigne, atrophiée de partout et qui porte un corset lui emprisonnant le thorax et le cou, prononce les mots qui la glacent :

— Et ton père, qu'est-ce qu'il fait ?

Elle déteste cette question, qui creuse un gouffre entre elle et les autres. Elle ne peut pas répondre, il n'y a pas de réponse. Parce qu'un père, elle n'en a pas. Son père est mort et c'est à peine si elle se souvient de lui. Si. Un tout petit peu. Un souvenir flou et précieux. Il la tient dans ses bras, et il rit. Parce qu'il l'a trouvée espionnant ses parents, et que se voyant découverte elle a fermé les yeux pour se cacher. Elle est tellement petite qu'elle croit qu'ainsi on ne la voit pas. Mais il l'a devinée, pelotonnée derrière la porte. Elle s'était réveillée, avait eu peur dans le noir, était descendue, pieds nus sur les marches de pierre, avait marché jusqu'au salon, entendu des voix, n'avait pas osé aller plus loin. Elle se souvient de la sensation délicieuse, quand elle s'était envolée dans les bras de son père, qu'il l'avait serrée contre lui et lui avait réchauffé les pieds dans ses mains parce que Virtudes disait qu'à aller sans pantoufles elle allait prendre froid.

Elle thésaurise en secret, au plus profond, ces images de tendresse, n'en parle jamais. Parce que dans ses rêveries elle s'est attribué un souvenir qui n'est pas à elle. Elle l'a volé a Harmonia. Quand elle entend sa sœur le raconter, Libertad sent une morsure de jalousie lui déchirer le cœur, mais elle ne dit rien. La vérité, la vérité injuste et révoltante, qu'elle rejette de toutes ses forces, c'est que Libertad n'a jamais eu de père.

Jamais il ne l'a prise dans ses bras. Jamais il n'a même posé ses yeux sur elle, parce que l'accident qui l'a tué précède sa naissance de plusieurs semaines. Elle n'a vu de lui que des photographies. Elle n'a jamais entendu sa voix. Elle n'a jamais senti, posé sur sa nuque, un regard de père. Et cette absence se consume en elle comme une braise portée au rouge dès qu'une question anodine souffle dessus, faisant plus mal que n'importe quel genou malade. Celles qui en ont un ne peuvent pas comprendre. Chaque fois que le mot père est prononcé devant elle, Libertad se crispe, regarde ailleurs, se fait oublier. Elle ne veut pas qu'on sache que le sien est mort, qu'il est enterré en Andalousie et qu'elle n'a jamais approché sa tombe. Qu'il ne viendra jamais la voir.

Elle rêve, face à l'océan, sur sa chaise longue, jambes étendues et regard perdu. Elle fixe un point à l'horizon, qui se rapproche. C'est un bateau, un voilier blanc. À la barre, son père, capitaine magnifique, beau comme un acteur de cinéma. Il vogue, il vole. Il accoste. Elle court vers l'eau, sur le sable et sur ses deux jambes. Il est là, il se baisse vers elle, la saisit dans ses bras devant tout le monde, la soulève. Elle s'envole, s'accroche à ses épaules, à son cou, l'embrasse en riant si fort que les mouettes en prennent ombrage, elle se recroqueville contre lui, il lui prend les pieds dans ses mains pour les réchauffer. Elle n'est plus malade… Il l'emmène loin d'ici, pour toujours, à la maison, avec maman, dans la dentelle des vagues et l'amitié du vent. Papa.

Chaqueta-Chaqueté

Je balance à mes oncles, le Castillan et le Californien, des lettres kilométriques. En espagnol. J'y décris par le menu notre vie quotidienne à Vieillottes et mes aventures personnelles au collège, avec force détails que j'espère distrayants, colorés et assez orthodoxes pour supporter une lecture tout public, y compris les plus de quinze ans. Je n'y fais jamais allusion aux questions qui me préoccupent vraiment. Mon ambition sous-jacente dépasse le désir de donner de nos nouvelles. Je veux qu'ils m'aiment. Je ne suis pas comme Mico, on ne m'aime pas spontanément, il me faut construire l'amour qu'on me porte. Je joue les nièces idéales. Je veux qu'ils me remarquent, je veux exister. Et j'y parviens, à la force du stylo. Ils ont l'obligeance de s'intéresser à mes *andanzas* de jeune iconoclaste, comme ils disent, et de me répondre par des feuillets tapés à la machine qui me sont adressés personnellement. Angustias, au 36, à Vieillottes. Je ne suis pas peu fière. C'est à mon initiative, avec leur bienveillante complicité, que se construit un joyeux édifice de papier, de mots et de timbres exotiques que je collectionne et dont je ne manque pas d'exhiber à la récré la cosmopolite luxuriance. Quiconque descend chercher le courrier s'autorise à décacheter mes enveloppes. Dans une famille espagnole, il ne saurait y avoir d'intimité. De cachotteries. De domaine réservé. Nous ne faisons qu'un. Solidaires universels. Quand j'ai découvert chez les Français le souci de ne jamais ouvrir un pli destiné à quelqu'un d'autre, je les ai trouvés bien froids, bien secs. La famille est à tout le monde et tout le monde est de la famille. Un pour tous, tous pour un, c'est pourtant au pays de d'Artagnan qu'on trahit cet adage. Les lettres familiales font partie du domaine public. Je n'y traite donc que des sujets familialement corrects. Avancer masquée, toujours, quel que soit le contexte. Clandestine un jour, clandestine toujours.

Il arrive cependant que mes coulisses apparaissent au grand jour, à mon intense désarroi. Des pièges surgissent, imprévisibles. Cachés dans le quotidien le plus banal. Comme dans cette autre écriture, beaucoup plus coercitive que les joyeuses lettres tontonnesques, et que je ne pratique que contrainte et forcée, au lycée. Les rédactions. Exercice de style. Sujets imposés. J'aime écrire et pourtant je me désole quand je dois rendre ma copie. On appelle ça un devoir. Pas pour rien. Quel ennui. Insondable, calamiteux. Comme courir dans un enclos trop petit. Non que les thèmes ne soient pas variés, on sent bien que Mme Roussel creuse ses pauvres méninges pour trouver des idées, mais je tâtonne sur un champ de mines. Je ne veux rien révéler sur ma vie. Rien de vrai. Je ne suis pas comme les autres, je viens d'une famille étrangère et je ne veux pas qu'elles se moquent. Je ne veux pas leur fournir d'armes. Je ne tiens pas à tuyauter les Keski, puisque malgré mon désintérêt et mes précautions, mes œuvres sont souvent lues devant la classe. Il faut croire que les autres ne savent pas aligner trois mots. J'excelle à trouver les tournures les plus neutres, celles de tout le monde et de n'importe qui. Surtout, ne pas faire de vagues, ne pas laisser percer le moindre soupçon d'exotisme. Accomplir exactement, à la virgule près, ce qu'on attend de moi. Je deviens une petite mécanique à produire du cliché. Ça me vaut de bonnes notes et l'estime de mon public. Je persiste donc, certaine d'avoir balisé le terrain. Rien ne s'échappe de moi qui ne soit sous contrôle. Tout dans ma vie a l'air bien français.

Je suppose, sans pouvoir l'assurer, que ce qui suit se situe en mars, car l'ami Carême y figure. J'ai découvert récemment et par hasard que, bien qu'il sonne laïc et amical à mon oreille, il concerne une étape de la vie religieuse dont je me demande bien ce qu'elle vient faire à l'école. Les catholiques sont partout, décidément. Évidents ou planqués, mais toujours là, Libertad a raison. La circonstance inspire à notre chère prof principale un sujet d'une renversante originalité : « C'est la mi-carême, maman fait des crêpes. Racontez. » Elle s'est surpassée. Quel sens de l'évasion, on s'envole au-delà de l'arc-en-ciel, on plane ! Elle veut du commun, de l'ordinaire. Qu'à cela ne tienne, je vais lui en offrir une pleine louche. C'est parti. Je lui torche trois pages, introduction, développement, conclusion.

Les crêpes, je connais. Pour une fois, je n'ai pas trop besoin d'inventer. Maman a adopté cette tradition avec joie. La coutume n'existe pas en Espagne, les crêpes représentent un budget très compatible avec la bourse familiale, les faire sauter assure un côté ludique qui contente tout le monde. Le coup de la pièce d'or dans la main lui a échappé, mais pour le reste on donne dans l'orthodoxie la plus rigoureuse. Un seul détail me différencie de ce que j'ai pu voir chez les autres, mais il est simple de n'en rien laisser paraître. Le beurre. Maman ne peut se résoudre à laisser grésiller de la graisse animale, ça sent trop mauvais quand ça chauffe. Elle a fixé une petite poupée de coton au bout du manche d'une cuillère en bois, la trempe dans un tout petit peu d'huile et s'en sert comme d'un pinceau pour assurer à la louchée de pâte une réception convenable en milieu brûlant. Je ne mentionne pas ce détail qui éberluerait tout le monde alors que je cherche à me fondre dans la masse. Ma rédaction fleure bon la tradition : à la mi-carême, je mange des crêpes en famille. Je mens un peu tout de même : je m'attribue un rôle dans la confection de la pâte, alors que dans la réalité je me contente de regarder maman officier. Précaution supplémentaire. Au cas où une inattention se glisserait dans mon récit et révélerait une erreur dans l'exécution du rite, je veux être seule à en porter le poids. Je préserve Libertad, veille à ce qu'elle soit une maman comme les autres.

Je ne participe qu'à la consommation finale, *embadurnamiento* de sucre, confiture ou miel, et ingurgitation. Si j'étais totalement sincère, mais il n'est pas question de décevoir maman, je confesserais que bof, les crêpes, je trouve ça moumou et pas très bon. Je n'aime que le croustillant. Faut pas me la faire avec du moelleux, beurk. Lui avouer une chose pareille casserait l'ambiance. Hors de question, elle se réjouit trop de nous les faire lancer, retourner, rattraper, tenter des doubles pirouettes et hurler de rire quand ça loupe, que ça finit en *churro*, en chandelle, et qu'on les mange quand même, vu qu'une crêpe handicapée garde son goût. Si je ne confie pas mes réticences à ma propre mère, ce n'est pas pour les révéler à l'ogre qui va corriger ma copie et aux jalouses qui pourraient l'entendre. Les crêpes, j'adore, point final. Comme tout le monde. Vivement l'année prochaine, que la famille se réunisse encore autour de la pâte dorée et de la poêle qui chante ! Oui, je sais, c'est d'un cucul achevé, je m'écœure moi-même, mais c'est ça, une rédaction. Mission accomplie.

Mme Roussel me rend mon œuvre une semaine plus tard, en tordant le nez, avec cet air mauvais qui semble lui procurer des satisfactions internes, compenser des frustrations inconnues dont je n'ai pas idée, mais dont je fais souvent les frais malgré mes bonnes notes. Il y a du rouge sur mes mots d'encre bleue, je le vois d'ici, alors qu'elle ouvre ma copie d'un air gourmand.

— Anne…

Elle prononce le *n* sans le doubler, si bien qu'on entend « âne » et que frisèle sur les pupitres une imperceptible vague de jubilation contenue, prête à se faire raz-de-marée à mes dépens. Il s'agit de ne pas laisser passer les rares occasions de rire en classe et d'en troubler la triste discipline. Elle commente, à haute voix, personne ne peut en perdre une bribe :

— Si tu pouvais expliquer à tes camarades ce qu'est une saladière, ça éclairerait leur lanterne, et par la même occasion la mienne ! Tu emploies le mot deux fois, non seulement c'est une répétition, mais c'est un mystère ! Dis nous, Âne, une saladière, donc, il s'agit de… ?

Autour de moi, ça ricane. Trop marrant, apparemment. Facile de se gausser impunément quand on se met du côté du prof… Quoi, saladière ? Je convoque toutes mes références mentales pour tenter de comprendre le sens de cette question. Non seulement je ne vois pas ce que ce mot peut avoir d'obscur, mais être ainsi apostrophée, par surprise, devant tout le monde, exerce sur mon esprit un effet paralysant immédiat. Je perds tous mes moyens. Reste coite. Qu'est-ce que Roussel peut bien sous-entendre ? Pourquoi les autres s'esclaffent-elles ? Un sens caché, connu des seules Françaises et que donc j'ignore, m'aurait fait commettre une gaffe énorme et réjouissante au point que toute l'attention de la classe se concentre sur moi ? J'en reste hébétée. Ça s'éternise. Qu'est-ce qu'elle attend pour m'achever, qu'au moins je sache ce qui me vaut une telle exécution ? Elles se gondolent. Même Claire, là-bas, a pris l'air rigolard que j'adore quand il tombe sur les autres, mais pas du tout quand j'en fais les frais. Saladière, saladière… Répéter ne sert à rien. La sorcière en chef décide enfin d'abréger mes souffrances :

— Je suppose, d'après le contexte…

D'après le contexte ? Le contexte de la pâte à crêpes ?

— … que tu fais allusion au récipient dans lequel on mélange les ingrédients…

Brillante déduction, on ne peut rien te cacher… Et alors ?

Tout en parlant, elle s'est levée, pile de copies à la main, et déambule, dans les travées. Se rapproche, comme un oiseau de mauvais augure. Une autruche. Une oie. S'arrête devant moi et balance la feuille sur mon pupitre avec ce que dans les versions latines on appellerait une nuance péjorative.

— Je te laisse réfléchir à la question. Tu me rendras ta copie corrigée. Nous brûlons de savoir ce que cache ton penchant pour les néologismes inutiles…

Il s'ensuit un brouhaha, les filles lèvent le doigt, elles veulent me venir en aide, ou plutôt briller à mes dépens. Je ne veux pas de leur fausse compassion. Je veux qu'on m'oublie. À cet instant précis, elles sont toutes plus intelligentes que moi. Toutes. Même l'autre idiote de cancre certifiée, qui ne comprend jamais rien à rien, agite le bras, se tord en avant, postillonne sur le dos de sa voisine, pas tous les jours qu'elle tient une occasion de lever ses moignons pour une autre raison que la permission d'aller aux toilettes. Qu'on m'exécute et qu'on n'en parle plus. Mon salut, temporaire, vient précisément du chahut provoqué par ma gaffe mystérieuse. Le désordre, phobie ultime de la Thénardier, détourne son attention de moi. Elle déteste qu'on décoiffe le bel ordonnancement de sa classe de français-latin et son impeccable discipline. Elle se détourne, rugit, ramène l'ordre dans ses troupes et continue dans un silence sépulcral sa distribution personnalisée de réprobation et d'ironie dévastatrice. J'en ai eu la meilleure part, comme d'habitude.

Je ne traîne pas après la classe. Pas de rigolade avec Claire et Nanou, pas de moqueries aux frais des Keski ou des nulles en gym. Je suffoque encore, en bénissant, pour une fois, mon teint olivâtre qui masque parfaitement l'afflux de sang qui embrase mes joues.

Je ne rougis jamais, quel soulagement. Être rouge de l'intérieur suffit à mon embarras. Je rentre en quatrième vitesse, bourdonnante des oreilles et palpitante du cœur. Maman n'a pas fini d'ouvrir la porte qu'elle me demande déjà ce qui ne va pas. Pas la peine de lui cacher quoi que ce soit. Je n'essaye même pas. Elle me donne mon chocolat. Je sors ma copie, je lui explique que je dois corriger une énorme faute dont je n'ai pas idée. Que tout le monde s'est payé ma tête et que j'en ai gros sur la crêpe. Elle lit. Sourit. Puis s'esclaffe. À ma face. Décidément, la mi-carême ne me réussit pas.

— Tu nous as fait un petit coup de *chaqueta-chaqueté* ! Ça arrive, ce n'est pas grave !

Moi ? *Chaqueta-chaqueté ?* Comme ceux dont on aime tant se moquer ? *Chaqueta-chaqueté* fait allusion à une erreur familière des bilingues, ou plutôt de ceux qui croient l'être et qui se plantent. Ça consiste à traduire au pif, en mode automatique, en francisant ou hispanisant sans réfléchir. Ça donne des résultats parfois désopilants qui nous font tordre aux dépens des autres Espagnols qui se lancent sans filet dans la pratique du français. *Chaqueta*, de la même famille que jaquette, se traduit par veste. Mais pour une oreille espagnole, les mots français se contentent de finir en *e* muet et d'être systématiquement accentués sur la dernière syllabe. *Chaqueta* ? Chaqueté ! Hop-là ! Et on s'étonne que ces brutes de Français ne comprennent pas ! Maman est hilare.

— *Ensaladera*, en français, ça se dit saladier, pas saladière !

Je tombe des nues. Tout ça pour ça ! Pas une cochonnerie, pas une grossièreté, pas une énormité. Une simple erreur de traduction. Vous m'en direz tant.

Le piège était dans la cuisine. Le mot *ensaladera*, comme bien d'autres, change de genre en franchissant les Pyrénées. Et devient saladier. J'ai manqué de vigilance. Le vocabulaire domestique ne m'est familier qu'en espagnol et, la plupart du temps, demeure en l'état puisqu'on s'en sert rarement à l'extérieur, sauf quand maman m'envoie faire les courses. J'ai du mal à traduire *ajo*, ail, et *cebolla*, oignon, je dois toujours demander à maman leur nom français quand ils figurent sur la liste. J'ai francisé sans y penser, sans me poser de question, tout à ma joie d'étaler ma science en crêpologie. Et ça me vaut exactement ce que je mets tant d'énergie et d'attention à éviter. L'humiliation publique. Elles ont toutes compris que c'est l'Espagnole en moi qui s'est plantée. Celle qui vient de ce peuple bien connu de concierges et de bonniches. Ne ris pas, maman, c'est ce qu'elles pensent, toutes. Libertad a encore l'œil qui vrille :

— Écoute-moi. D'abord, ce sont des métiers parfaitement honorables. La différence, c'est que tes aïeules ne les ont jamais exercés, contrairement aux leurs. Elles te regardent de haut alors qu'elles ont encore le derrière dans la boue. Ne fais pas attention. Tu es au-dessus de ça.

Elle en a de bonnes. Je ne suis au-dessus de rien.

— Il n'y a pas de concierges à Vieillottes. Ça n'existe que dans les grandes villes, pas chez les pecnos. Quant aux femmes de ménage, dans ce patelin, elles viennent de la campagne, pas d'Espagne. Tu diras à tes copines qu'elles regardent trop la télé. Les *Conchita*, les *Ma qué la madame elle est pas là*, c'est à Paris, et c'est pas des politiques. C'est pas nous. Et les gens qui les emploient, c'est des vrais riches. Pas des épiciers endimanchés.

Épicier ne serait pas, comme bonne et concierge, un métier honorable ? Maman aussi range les gens, mais pas dans les mêmes tiroirs.

— Confondre saladier et *ensaladera*, ça ne peut arriver que si on sait s'exprimer en deux langues. Si cette Mme Roussel ne comprend pas ça, c'est qu'elle est incompétente. *Que se vaya a hacer puñetas.*

Qu'elle s'en aille faire des *puñetas* ? Je ne sais pas au juste ce que ça veut dire, mais qu'elle y aille. Ça doit être dans le même quartier que le diable. Bon vent. Je prends mon bol de chocolat fumant, maman son café au lait, et on va se poser devant la fenêtre, regarder passer les gens comme à une *terraza* madrilène, en écoutant les nouvelles. Maman aime la radio comme papa aime les journaux. À hautes doses. Les infos la passionnent, la pub l'agace. *Votre peau ? C'est à vingt ans et même avant, qu'il faut y penser ! Avec la lotion S, vous garderez votre jeunesse...*

— Ma fille, fais-moi penser à m'occuper de tes rides...

Bien à l'abri de la férocité du monde, elle exerce la sienne sur la dégaine des passants, leur démarche, leur allure, prétentieuse ou émouvante, satisfaite ou pathétique. On est bien.

Chocolate con churros

Le chocolat que Libertad sirote avec sa mère est tellement épais que le *churro* pourrait y rester debout sans qu'on le tienne. Un chocolat dans les règles de l'art, qui ne va pas tarder à devenir un souvenir, puis un fantasme, à mesure que les produits de première nécessité disparaîtront des magasins. Au petit matin qui suit les bringues, les Madrilènes ont pour habitude de mettre un terme à leurs nuits blanches en trempant des beignets dans ce breuvage traditionnel. Drôle de bringue, en l'occurrence. Il est cinq heures du matin. En d'autres circonstances, Libertad serait fière de veiller avec les grands jusqu'à une heure aussi avancée. Un bombardement en pleine nuit, des heures dans la station de métro, à attendre le signal de remontée, à se demander ce qui se passe là-haut. Ils viennent juste de rentrer, sains, saufs et épuisés. Harmonia est allée se coucher directement, en maugréant qu'elle aurait aussi bien fait de rester au lit, pour ce que ça changeait. Seule la privation de sommeil parvient à entamer son inoxydable bonne humeur. Les garçons, comme d'habitude, ont fait la course dans l'escalier pendant que les deux sœurs et leur mère prenaient l'ascenseur. Quand elles sont arrivées, ils dormaient sans doute déjà. Hier soir, quand Virtudes est rentrée, Harmonia avait rangé son matériel de peinture, mis à sécher son aquarelle bien à plat et préparé le dîner. Les garçons avaient fini leurs devoirs et Libertad dressé le couvert. Ils ont conscience de ce qu'ils doivent à la volonté de leur mère. Elle a décidé, à la mort de son mari, d'élever seule, en femme libre, ses quatre enfants. Elle n'a jamais voulu, sous aucun prétexte, laisser à un autre homme que leur père le moindre pouvoir sur eux. En retour, ils font tout ce qu'ils peuvent pour lui faciliter la tâche, mériter sa confiance. Après le repas, ils ont écouté Ilitch, qui ne désire rien tant que de disposer d'un public conquis d'avance, pour raconter par le menu, en en rajoutant des tonnes, sa vie de lycéen. On a bien ri, puis Harmonia s'est levée pour ranger la cuisine et tout le monde est allé se coucher.

À deux heures et demie du matin, la sirène a retenti, réveil en fanfare, manteaux jetés à la va-vite par-dessus les vêtements de nuit sur des épaules crispées de sommeil, galopade générale vers les abris. Les mères poussant les enfants, les vieux claudiquant comme ils peuvent, un grand gaillard en uniforme bousculant tout pour descendre en premier. Virtudes s'est inclinée comme pour le saluer, en murmurant à son passage avec toute l'ironie du monde :

— *Haga Ud el favor...*

« Après vous, je vous en prie »... Et elle a souri à Libertad. Ils se sont assis sur leurs couvertures et ont tenté de distraire leurs pensées des vibrations du sol et du vacarme assourdi des explosions. Libertad n'a pas peur. Elle regarde sa mère, lit sur son visage une sérénité qu'un danger réel rendrait impossible et, pour tromper le temps, fredonne des chansons de *luna lunera*, de cœurs brisés, de rubans brodés et de serments d'amour... Elle décide d'imiter Harmonia, recroquevillée sur elle-même, qui semble dormir. Elle ferme les yeux, chantonne toujours, pour se bercer. Se demande comment fait sa sœur. Rouvre les yeux, regarde sa mère. Virtudes, croyant ses filles endormies, a le visage levé comme pour scruter le ciel à travers l'épaisseur du sol et exprime une telle angoisse que Libertad se fige. Que se passe-t-il ? Se sentant observée, Virtudes croise le regard de sa fille et se ressaisit aussitôt. Remet son masque souriant. Trop tard. La petite a compris. Maintenant, elle a peur. Et aura toujours peur. Mais elle fait comme sa mère. Elle ne le montre pas.

C'est fini. Libertad est enfin de retour à la maison. Sagement assise à table, elle attend que Virtudes vienne la rejoindre. Elle a envie de pleurer et tout ce qu'elle veut, en jouant avec son *churro*, c'est tenir assez longtemps pour que sa mère ne s'en rende pas compte. Elle ne veut pas aller dormir, préfère lui tenir compagnie jusqu'à ce qu'elle parte, tout à l'heure, à l'hôtel Gran Vía, à deux pas. Et alors, seulement alors, elle pourra *soltar el trapo*, évacuer tout ce malheur dont elle ne veut pas, s'en débarrasser alors qu'il lui remonte dans la gorge comme les mains d'un étrangleur après cette nuit passée à faire le rat au fond d'un boyau. Elle aimait tellement ça, le métro, avant, quand elle était petite. Elle trouvait ça magique, de descendre dans cette extraordinaire machine à mélanger les rues si bien que quand on ressortait tout était transformé, on ne reconnaissait plus rien ! Encore plus drôle que les *tiovivos*, les manèges, avec leurs cochons volants et leurs chevaux ailés. Virtudes revient. Elle s'est changée, recoiffée. Elle s'assied à côté de sa fille, lui sourit, lui passe la main dans les cheveux. Libertad tient bon, lui rend son sourire. Pas le moment de lâcher, de lui gâcher sa journée. Elles mangent sans un mot. La dernière idée qui viendrait à Libertad serait de prononcer une parole. Un moment de silence est parfois le plus dépaysant, le plus merveilleux des voyages. Et un chocolat avec maman, un cadeau de la vie, même quand on le boit en retenant des sanglots.

Visite médicale

On l'annonce plusieurs jours à l'avance, par une convocation distribuée en classe, un papier plié avec notre nom dessus. La visite médicale. Il s'agit de vérifier, une fois par an, que la jeune génération, pesée et mesurée comme il se doit, se développe correctement, qu'elle sera capable d'assurer la relève. La responsabilité du futur pèse sur nos épaules, dont les omoplates se devront de n'être point décollées. Sur notre souffle, dont la vigueur doit pousser l'aiguille du spiromètre jusqu'à ses derniers retranchements. Sur nos petits abdomens réglés comme des horloges sur l'heure de procréer, plus tard, le temps venu. Le document mentionne également la formule consacrée : « Se munir d'un flacon d'urine. » Les organisateurs de la cérémonie lisent dans le pipi comme d'autres dans le marc de café ou les boules de cristal, et même mieux. Ça les renseigne sur des choses ignorées de nous-mêmes. Le jour dit, nous trimballons toutes au fond de notre cartable la fiole indiscrète. Un peu gênant de balader si honteuse cargaison, mais nous sommes à égalité face au risque de renverser ou de casser le piteux bagage. Ça inhibe les tentatives de sabotage, on se tient par la barbichette.

En ce qui me concerne, une attention maternelle a prudemment enveloppé la chose dans un petit plastique rassurant. À la maison, pour la séance de collecte, maman m'a expliqué, une fois encore, c'est pareil tous les ans, qu'il faut laver avec un soin particulier l'endroit qui n'a pas de nom, et qu'elle désigne par « *esa zona* », cette zone. Il est très important de ne pas fausser les résultats avec de la savonnette ou des fibres de coton. Je fais mine de me renseigner. Double dose de mousse ? Oui, et rinçage maximum. Moi je veux bien. C'est plus facile pour les garçons, précise-t-elle, alors que, concentrée sur ma tâche, je ne lui demande rien. Plus facile ? Oui, leurs organes sont extérieurs, plus simples à entretenir. En plus, viser dans le flacon ne leur pose aucun problème, ajoute-t-elle. Allons bon. Voilà qu'après la nature, le bon Dieu, les histoires d'aventures et l'Histoire tout court, même les flacons leur donnent le beau rôle ! Une conspiration, médité-je en séchant soigneusement mon anatomie déficiente avec une serviette au-delà du propre, en nid-d'abeilles qui ne pluche pas. Je connais la marche à suivre depuis longtemps. J'étais en primaire quand maman m'a expliqué. Toute une technique. Commencer par faire pipi normalement, puis s'interrompre, placer l'embouchure dans l'axe, laisser aller un petit peu, ils n'ont pas besoin d'un demi-litre pour percer à jour les intimités les plus enfouies, quelques gouttes suffisent. Arrêter de nouveau, éloigner le flacon, et finir normalement. Quelle affaire ! Sûr que ça doit être plus simple avec un tuyau, mais je ne suis pas du genre à me laisser abattre par ce genre de détail. Il faut bien qu'ils précisent le tir, eux aussi. En manipulant leur si pratique attirail dans la bonne direction, supposé-je, autrement ils s'arrosent les pieds. Moi aussi j'ai des mains. Il me suffit de m'en servir. L'une est occupée à tenir la fiole face à son destin, mais avec l'autre je suis libre de dégager l'accès et de diriger le jet comme je l'entends. Je vise, et réussis à déposer avec précision la quantité nécessaire, ni plus ni moins et pas une goutte dehors. J'ai les mains sèches et un délicieux sentiment de triomphe à mesure que ma vessie finit de se vider en chantonnant. Ça, les garçons ne savent pas faire… Y a que nous. Ça ne sert à rien mais c'est réconfortant.

Ça aura lieu à huit heures, au dispensaire, à quelques rues du collège, mais nous ne sommes pas censées y aller directement. On se groupe dans la cour et on part en troupeau, sous surveillance. Rigolade, poussages et chahuts, au grand dam de la pionne. Jusque-là, ça va. J'en profite pour faire l'andouille tant que nous sommes en terrain neutre, mais je redoute la suite. Je déteste me déshabiller devant les Keski. À la gym, c'est différent, d'abord elles sont nulles en sport, et en plus on passe en vitesse d'un vêtement à un autre, on n'attend pas son tour en petite tenue. Elles vont se déchaîner. L'occasion est trop belle d'exercer leur sport favori. Ça les occupe, on n'y échappe pas. Je vois venir les coups d'œil en biais qui jaugent les sous-vêtements – « Elle a mis le maillot de son frère ou quoi ? » – le grain de peau – « Tu fais comment, pour tes boutons dans le dos ? » En ce qui me concerne, ça sera plutôt : « Dis donc, t'es bronzée toute l'année, toi… » et je répondrai que c'est pas du bronzage, c'est du naturel. Elles scrutent le stade de développement des poitrines pointant sous les maillots de corps, commentent celles qui en ont, celles qui n'en ont pas, celles qui portent déjà un soutien-gorge, celles qui devraient… Cet examen maquignon qui précède l'autre, le médical, est autrement rébarbatif. L'idée me taraude qu'une différence entre moi et les autres, que je ne sais pas définir, sauterait aux yeux si je ne veillais à tromper mon monde depuis des années. Je me sens à la merci d'une observation un brin attentive. Comme si je devais passer une frontière, sans passeport, face à un escadron de douaniers suspicieux.

Les surveillantes ont fait leur travail. C'est en rangs impeccables que nous passons la porte du dispensaire. Ça sent l'alcool, l'éther, la cire. La séance déshabillage commence. J'ai soigné ma mise, je porte une culotte et un maillot de corps qui vont ensemble, le même petit feston court sur les bords de l'encolure, des bras, des jambes. Du coton espagnol, qui sait ce que soleil et blancheur veulent dire. Un blanc qui fait mal aux yeux, éclatant, qui claque comme une pub. À l'inverse de cette affiche qui met en scène deux filles en tutu. Une blondinette très jolie, aux boucles fofolles et à la fossette irrésistible sourit aux anges. À son côté, une brune moins gracieuse, aux cheveux tirés et au teint terne grimace de dépit parce que son tutu est moins blanc, moins éblouissant que celui de sa copine. Quand il s'agit de vanter les mérites de la propreté du linge, la blondeur triomphe toujours. La brune est négligée, par nature, par vocation et par fatalité. Les monopoles impérialistes du détergent, que par principe

Angel voue aux gémonies, apportent leur obole à l'écrasement du brun, du métèque, du rastaquouère. Les mythes sur la race aryenne embarrassent tout le monde, on ne saurait s'y référer autrement que pour les accabler, mais la réclame pour les lessives ne connaît pas ce genre de réticences. Je suis brune, la plus brune de la classe. À l'examen blancheur, je suis recalée d'office, quelles que soient les performances lessivières de Libertad, la reine de la *lejía*, l'eau de Javel qui infiltre tout à la maison et garde le linge immaculé, loin du bouilli, du bis, du beigeasse. Je mettrai des années à comprendre qu'une peau naturellement hâlée constitue la plus seyante des robes, qu'on s'habille d'un rien quand la peau fournit la soie première…

Depuis quelques jours, relayée par les cinquièmes, une rumeur circule autour des galeries du collège. On va nous poser une question qui dépasse les bornes, qui nous fait toutes ricaner tellement elle nous gêne. Il paraît qu'on va nous demander, à brûle pourpoint, sans autre forme de procès : « Êtes vous réglée ? » Tel que. Sans préambule. En pleine face. En quoi ça les regarde ? C'est personnel, ce genre de chose. On trouve ça d'une intolérable indiscrétion. Surtout Claire et moi, remontées comme des coucous suisses. Nanou suit, plus par amitié que par conviction profonde. On décide d'entrer en résistance. Pas question d'accepter ce genre d'inquisition. On va brouiller les pistes. On ne répondra pas. Nanou hésite :

— Comment ça ? Comment on va faire pour pas répondre ? Si on reste plantées là sans rien dire, on va se faire engueuler…

Claire n'a pas d'états d'âme :

— Y a qu'à mentir !

Nanou n'aime pas l'idée. Mentir, ça ne se fait pas, ce n'est pas bien. Claire se marre :

— Bien sûr que c'est bien ! C'est même la seule défense…

Je les mets d'accord.

— Mentir pour dire quoi ? Qu'on les a alors qu'on les a pas ? Ça serait idiot ! Le but c'est bien de pas se laisser ficher, d'accord ? Donc, il faut répondre non ! Ce qui fait qu'on ment pas !

Nanou est décontenancée :

— Donc, la résistance, c'est dire la vérité ?

— Cette année, oui, puisqu'on les a pas. Mais si jamais un jour on les a, faudra pas flancher, faudra continuer à répondre non, comme ça ils sauront jamais où on en est, on restera du bon côté !

Le répit soulage Nanou, mais il a l'effet inverse sur Claire. Attendre la prochaine visite médicale, l'année prochaine, la déçoit, elle préférerait un rythme plus soutenu dans l'action. Je lui suggère de se lancer dans la recherche d'un moyen de les éviter pour toujours. Nanou est moins catégorique :

— C'est pas marrant, mais c'est pas grave, toutes les femmes les ont…

— Le problème c'est que t'as pas le choix ! Une fois que ça te tombe dessus, t'es plus jamais la même, t'as qu'à voir Mayo !

— Moi, mes sœurs, elles vont bien…

— De toute façon, elles peuvent pas revenir en arrière.

— Mais autrement on pourrait pas avoir d'enfants !

— Justement, moi des enfants, j'en veux pas…

Claire me prête main-forte :

— Moi non plus !

— Il faudrait que ça soit réservé à celles qui veulent en avoir, et laisser les autres tranquilles…

Ordre alphabétique oblige, je vais être la première des trois à affronter le peloton. Seule Mayo me précède. Ça ne se voit pas à l'œil nu, qu'elle a passé le cap. Qu'elle est tombée au sang d'honneur. Rendue là où je ne veux pas aller. Vaincue par les lourdeurs, les rotondités, les manières, les embarras, les poils, les glandes inconnues, les organes mous. Je n'aime pas le mou. À la question fatale elle va répondre oui, forcément. Va-t-elle se lancer dans la description apocalyptique de ses horribles souffrances ? Si c'est le cas, je vais faire antichambre la moitié de la matinée, en culotte et maillot, pieds nus sur le froid du carrelage.

— Anne Alcalá !

C'est moi ! Je sursaute. Pour un peu, j'en lâcherais mon flacon. Perdue dans mes rêveries, j'en avais oublié mon environnement immédiat, les Keski se tordant le cou, comme prévu, pour passer tout le monde au rayon X de leur malveillance… Toutes les façons d'être mal à l'aise se déclinent sous les yeux des inquisitrices. Elles-mêmes n'offrent pourtant rien de bien glorieux, une fois débarrassées de leurs épluchures. Leurs culottes leur rentrent dans les fesses et leur maillot bâille, moi aussi je peux les toiser. Mais je n'ai pas le temps. Je me lève, j'y vais, aussi fière qu'on peut l'être quand on ne porte que quelques grammes de jersey de coton et un flacon de pipi. Mes comparses m'encouragent du regard. Le linge de Nanou donne dans le classique, elle porte souvent des affaires héritées de ses grandes sœurs, mais Claire a encore fait fort. Elle est carrément en maillot de bain, comme si on avait piscine. Un bermuda qui descend à mi-cuisse et une brassière. Jaune vif. C'est d'une discrétion toute relative. D'autant qu'elle a décidé de traverser la salle en solitaire, tête levée, son flacon en équilibre instable sur le front. Tombera ? Tombera pas ? Les Keski veulent du spectacle, elles en ont. Claire le leur offre, goguenarde, leur exhibe sa plastique parfaite, puis elle retourne s'asseoir avec nous sans leur accorder un regard. Elle a tout pour faire la blonde proprette de la pub, sauf qu'elle s'en fout, ça la rend plus belle encore et ça fait enrager tout le monde. Mis à part Nanou et moi, parce que nous, on l'aime.

J'y vais. Blouses blanches, stéthoscope. Je ne la ramène pas, je donne mon flacon, je monte sur la balance, je m'étire au maximum sous la toise, je ne peux pas m'en empêcher. Je ne veux pas devenir adulte, mais je ne veux pas pour autant faire partie des rase-mottes, des basses duc. Je veux rester une enfant grande et athlétique, avec un vrai beau corps mais qui ne changerait pas, voilà, si j'avais le choix, ça n'est pas compliqué. J'ouvre grand, on me regarde les dents, la gorge, et je n'ai pas encore refermé que, distinctement, j'entends, ça n'était pas une blague :

— Êtes vous réglée ?

Le stylo en suspens attend ma réponse. Je secoue la tête alors que le bâtonnet qui plaque la langue n'a pas quitté ma bouche :

— Hon !

Voilà, c'est fait, j'ai répondu. La croix sur le registre, ce n'est pas pour aujourd'hui, pas pour cette année. Ni pour une autre. C'est moi qui décide. Aux yeux de l'administration, je ne serai jamais en règles. Ni Nanou ni Claire. On est des rebelles.

Morena Clara

Impérial, il règne en maître dans l'appartement. Il a fait basculer le centre de gravité de la vie familiale, depuis la table autour de laquelle Virtudes et ses enfants prennent leurs repas, vers la chambre d'Harmonia où il a été installé. C'est un joli meuble à la mode, en loupe de cerisier douce comme de la peau, avec une radio dedans et un pick-up sur le dessus. Libertad le vénère. Qu'on lui tourne les boutons ou qu'on lui soulève la coiffe, il ouvre sur un ailleurs de musique et de fantaisie qui donne des ailes. Le paradis à portée de prise électrique. Comprendre comment ça marche rend paradoxalement le phénomène plus merveilleux encore. Sous la radio, rangés verticalement, les soixante-dix-huit tours alignent leurs voyages organisés vers Buenos Aires, Sevilla, Hollywood ou les cours intérieures madrilènes des *zarzuelas*. Libertad adore en manipuler la lourdeur, en soupeser la noire magie avant de choisir le disque qu'elle posera sur le plateau. Trois petits tours et le tapis volant décolle. Oubliées les bombes, les courses vers les abris et l'insondable incertitude de l'avenir après ces quelques mois de guerre. Libertad danse. Libertad chante. Elle déboule comme une tornade, révolutionne l'espace où sa grande sœur, penchée sur son ouvrage du moment, laisse flotter en sourdine les *coplas* qui font rêver. Libertad monte le son et prend le premier vol en partance pour *Over the Rainbow*...

Harmonia a vingt-deux ans et pas l'air pressée de trouver un fiancé. Pourtant son regard languide, qui lui donne l'air d'en savoir plus qu'elle n'en dit, sa lourde chevelure dont elle peine à emprisonner les boucles, et sa démarche tranquille dont rien, pas même la sirène des alarmes, n'altère la sérénité, aimantent autour d'elles des soupirants que Libertad, du haut de ses douze ans, juge parfaitement acceptables. Sans les repousser, Harmonia ne les encourage pas. Il en faudra plus que leurs compliments et leurs plaisanteries pour la décider à quitter la maison, sa mère qu'elle idolâtre, ses deux frères cadets qui la protègent à la limite de la tyrannie et qu'elle envoie balader en douceur, et sa petite sœur qui lui sert de poupée, de cobaye, de prétexte, de chaperon. Libertad n'aime rien autant que faire la grande avec elle, la regarder se maquiller, se coiffer et surtout, surtout, la suivre au cinéma ou aux après-midi dansants qui s'organisent, sous la surveillance des parents, pour chanter et danser entre jeunes. Virtudes n'a pas le temps d'y accompagner sa fille, Libertad se charge volontiers de la remplacer. Une jeune fille qui se respecte, ou plutôt qu'on respecte, ne saurait aller seule nulle part, sauf à l'église ou au marché, et encore... Libertad a donc le privilège d'anticiper sur ses loisirs futurs pour peu que les choses se passent comme prévu. Les événements récents rendent illusoire tout plan à long terme, il s'agit de profiter des rares occasions où la vie ressemble à un film. Elle danse avec les grands qui, voulant plaire à l'aînée, acceptent quelques tours de piste avec la petite. Bénéficier d'un partenaire grandeur nature, plié vers elle pour l'enlacer, la catapulte à mi-chemin entre le septième ciel et le septième art. Elle virevolte, elle plane, elle prend un acompte de bonheur à venir, *que me quiten lo bailao*, comme on dit… On ne m'enlèvera pas ce que j'ai dansé.

— Tu fais quoi, là ?

Libertad, courbée sous sa charge d'ébonite, se penche vers la table. Elle veut toujours tout savoir. Aujourd'hui, Harmonia peint. Une aquarelle figurant les petits œillets rouges, sa fleur préférée, qu'elle a rapportés du marché ce matin puis posés sur le bord de la fenêtre dans un de ces vases en mosaïque qu'elle fabrique elle-même. Elle se sert de morceaux de vaisselle ou de miroirs cassés, de perles de colliers désaffectés ou de boucles d'oreilles dépareillées qu'elle colle sur des vases simplets pour les métamorphoser en monuments de méticulosité, avec des motifs et des assortiments de couleurs qui lui viennent au gré de son inspiration. La lumière de l'automne donne aux pétales de velours déchiqueté un éclat de vitrail. Il existe tant de rouges différents. Il s'agit d'en rendre la nuance et la délicatesse d'un geste sûr. On ne peut pas tricher avec une aquarelle. Si elle a réussi celle-ci, elle l'accrochera avec les autres au mur du salon. Elle en aura confectionné le cadre, comme elle l'a déjà fait pour ses collages de photos et de calligraphies. Elle recycle tout. Se servir de ses mains lui ouvre l'esprit. Elle aime fabriquer. Ne se sent jamais aussi satisfaite que quand elle a donné vie à ce qui n'existait que dans son imaginaire. Elle se plaît à penser qu'en d'autres temps, elle aurait fait les Beaux-Arts ou Arts déco, passé des heures dans les musées, chez les marchands de couleurs ou en goguette dans les brocantes… Libertad, admirative, prend un air compétent :

— Tes *claveles*, ils ont l'air tellement vrais qu'ils sentent bon !

D'autant plus remarquable que ces œillets n'ont pas de parfum. Harmonia apprécie l'hommage.

Le travail de Virtudes, à l'hôtel Gran Vía, ne lui laisse guère le temps de tenir son ménage. Sa fille aînée assure la relève et s'en charge avec légèreté. L'air de ne pas y toucher, Harmonia la bien nommée veille à tout. Son royaume incontesté étend ses territoires au cinquième étage gauche, de la porte d'entrée aux balcons croulant sous les géraniums. Elle détesterait avoir à sortir pour gagner sa vie. Quand elle a un moment, après avoir mis la maison en ordre, elle se concentre sur ses passions. Il lui arrive de vendre certains de ses ouvrages, au point d'avoir amassé de quoi acheter le précieux pick-up, plus distrayant qu'un amoureux. Pourquoi se marier quand on a déjà la charge d'une famille ? Pourquoi affronter le monde quand on peut tranquillement l'imaginer ? Partir à l'aventure n'est jamais aussi exaltant qu'en restant à la maison, une aiguille ou un pinceau à la main… Elle a modifié de fond en comble le décor familial, tout porte sa marque. Petit à petit, la demeure est devenue son œuvre. Toujours en chantier, mais jamais mal rangée. Établie pour des raisons évidentes dans la plus grande chambre, qui lui permet de disposer d'une table et d'une machine à coudre, Harmonia remet en place chaque soir minutieusement tout ce dont elle s'est servie dans la journée. Seul le désordre pourrait troubler son sommeil.

Libertad a trouvé. Avant d'actionner la touche qui fait passer l'artefact du mode radio au mode phono, elle marque une pause, attend la fin d'une de ses publicités favorites, un sketch chantant les mérites d'un maroquinier de la capitale qui se vante d'attirer les stars internationales, *por lo cual la Greta Garbo sus encargos hace allí... apoquina mozalbete, gastátelo roñoso, o ¿es que no se merece una un bolso de casa Osuna ?* Même Greta Garbo fait ses courses chez Osuna, c'est dire… Libertad mime tout le spot en gigotant autour de sa sœur, puis manipule soigneusement le disque qu'elle a choisi et prend la pose en attendant que s'élève un des airs de *Morena clara*, la dernière comédie musicale qui les a transportées. Les aventures et les chansons de la belle Gitane incarnée par Imperio Argentina se sont gravées dans sa mémoire. Trini, l'héroïne, c'est elle. Elle a posé l'aiguille sur *Échale guindas al pavo*, « Donne des cerises au dindon », histoire de faire rire sa grande sœur. Elle en rajoute dans le tourné de volants imaginaires et de franges virtuelles, mais son cambré de taille et l'assourdi de ses *palmas* témoignent d'un tempérament bien réel. Elle grimace, elle rit, l'image même de la joie de vivre. Harmonia suspend un instant son pinceau, pense à cette expression, joie de vivre. Être vivante, et en tirer de la joie. Pas compliqué. Ce moment simple, en plein après-midi, dégage un tel bonheur qu'elle tient à en savourer chaque atome. Tout à l'heure, les garçons rentreront du lycée et plus tard, quand elle arrivera, Virtudes trouvera ses quatre enfants sous son toit, la table dressée et le dîner prêt. Tant qu'ils sont tous ensemble, qu'est-ce qui pourrait bien leur arriver ? Et à quoi d'autre pourrait-elle rêver que de demeurer là où elle est, avec les siens, pour toujours ?

Libertad change d'humeur. Le disque a tourné, attaque *Falsa moneda*, « Fausse monnaie », où la malheureuse Trini se lamente sur son triste sort. « Je ne suis qu'une pauvre Gitane, je suis comme de la fausse monnaie qui passe de main en main et que personne ne garde… » La tristesse, Libertad aime aussi. Elle sait la mimer. À la fin, secouée de sanglots, le visage dans les mains, elle tombe à genoux, comme dans le film. Harmonia sourit, reprend sa tâche. Sa sœur a ce talent de rester drôle même quand elle mime la douleur.

DISQUE ROUGE

Maman court partout. C'est un vrai bonheur de la voir si heureuse. Elle prépare le départ avant la fin de l'année scolaire. L'été s'est ritualisé. Dès que le mois de juin tire à sa fin, branle-bas de combat. On prend le train pour l'Espagne, chez le frère de Libertad, Tete Pepe qui nous accueille dans son bel appartement, notre deuxième maison. Je vis à Madrid deux mois et demi par an, presque un trimestre. Maman n'attend pas le dernier jour d'école pour se précipiter avec armes et bagages vers ce havre où elle redevient elle-même. Elle se dépense autant qu'à Vieillottes, mais elle a un autre statut. Papa reste seul, on s'est habitués. Il envoie des lettres très rigolotes, qu'on se lit à voix haute, et Tete Pepe dit qu'il aurait dû être écrivain, qu'il a un style à la P.G. Wodehouse. Si c'est vrai, ce Wodehouse doit être très marrant, il faudra que j'aille y voir de plus près. Il est dans la bibliothèque, je peux me servir, me rassure le Tete. Je sais, je campe dans ses livres depuis mon premier été ici. Je découvrirai sous peu que Wodehouse s'est fait connaître en s'adressant à son majordome, Jeeves. Je ne vois pas le rapport avec papa, mystère de gémellités littéraires…

La bibliothèque du Tete est conçue comme un refuge. Pepe, le seul de la fratrie Santa Cruz à être resté en Espagne, a appris à résister sur place, avec les moyens du bord, contre la terrible indigence culturelle du franquisme, sa censure et son morne enfermement. Il a construit, volume par volume, un bunker de papier qui lui a permis de mener une stratégie d'imperméabilisation à l'idéologie omniprésente. Relire les classiques incensurables, se faire discrètement envoyer, ou s'envoyer à soi-même, à l'occasion de voyages, des livres de l'étranger, en espagnol, en français, en anglais. Veiller à ce que les employés de la maison, voire les amis en visite, n'en décodent pas les titres. On y trouve des curiosités. La seule et unique publication étrangère autorisée dans les premières années de la dictature était la très conservatrice et anticommuniste Sélections du Reader's Digest. Aussi rébarbatifs fussent-ils, ces textes constituaient le seul apport d'un air différent dans l'étouffement confit de l'époque. Pepe s'était abonné et, par fétichisme démocratique, en faisait relier de cuir la laideur criarde avant de les classer dans le rayon du bas, présents mais pas trop visibles. Il se donnait l'impression d'héberger ainsi un échantillon, même insignifiant, de décontraction yankee et de liberté d'expression. Les premiers volumes, regroupant trois ou quatre revues, remontaient à 1942 et 1943, avec les articles de propagande des États-Unis en guerre. Dans le contexte de l'époque, ils avaient permis de percevoir un autre son de cloche que la vulgate de Franco célébrant les succès nazis. La collection court jusqu'aux années cinquante et les délires de la guerre froide, quand la bannière étoilée avait fini par flotter sans états d'âme en terre franquiste, mettant fin à quelques illusions et à l'abonnement de mon oncle. Les temps changeaient, la dictature se maintenait.

Je me jette sur la collection avec voracité, voyage à travers le temps, aussi passionnant que les vieux films en séance permanente dont maman raffole et qu'elle nous emmène voir en pèlerinage.

Nous sommes là depuis une semaine déjà, juillet canicule au-delà de trente-cinq degrés, une chaleur infernale, telle qu'on l'aime. C'est une année avec, une année spéciale. On en est hystériques d'impatience. Mon oncle d'Amérique, Ilitch, l'autre frère de maman, fait le voyage depuis la Californie. Il vient passer l'été en Europe, comme il dit. Il est devenu tellement américain qu'il ne distingue plus les petits pays d'ici. Brooke l'accompagne, bien sûr, et cette année ils amènent une attraction. Victoria, leur fille, âgée de trois ans et que nous ne connaissons pas encore. Brooke l'attendait déjà à la fin de son premier voyage. Rodrigo, que toute évocation sexuelle, même vague, même indirecte, met en joie, émet une hypothèse extralucide :

— La petite a été fabriquée dans le secteur !

En Europe, donc. Mais elle est bien née là-bas, ma cousine, citoyenne américaine. Le genre de détail qui met à l'abri des vicissitudes des handicapés du passeport.

Cette fois-ci, les tourtereaux ne sont pas en voyage de noces, ils n'arrivent pas au Havre en paquebot, ils se posent à l'aéroport de Barajas, à Madrid. Libertad s'est glissée avec délices dans la peau madrilène qui lui va si bien au teint. C'est joyeuse et détendue qu'elle a mis en place, avec le Tete, le décor qui doit accueillir leur yankee de frère et sa petite famille. Un berceau a été placé en plein milieu du bureau, la petite sera encagée, elle ne pourra pas s'échapper de ses barreaux. Elle me tiendra compagnie quand je me lancerai dans la découverte de Wodehouse. Les parents occuperont la deuxième chambre d'amis. On voulait récupérer Victoria avec nous quatre, son petit lit entre les nôtres, comme dans un camp indien, mais il paraît que les parents ont des théories. Un enfant doit dormir seul. Foutaises. Les enfants doivent dormir au chaud, en tas, comme nous quatre. Mais nous consulter n'est pas prévu au programme.

Leur dernière visite remonte à presque quatre ans. Ils étaient partis après Noël et nous sommes en juillet. Dans le hall d'arrivée des passagers en provenance de Los Angeles, notre changement physique provoque ces exclamations incrédules qu'affectionnent les adultes confrontés au plus banal et familier des phénomènes, la croissance des enfants. C'est comme ça, on n'y peut rien, ça fait partie du jeu. Ils devraient pourtant ne s'étonner que si nous ne grandissions pas, mais ils ont leurs marottes. Je me demande à quel âge on lâche prise, à quel moment exact se situe la bascule qui rend prévisible, autoritaire, plein de certitudes, de recettes et d'idées toutes faites. Je les aime, les grands, je les accepte comme ils sont, mais au diable si j'ai envie de leur ressembler. Je voudrais garder mon esprit ouvert, tel qu'il est maintenant. Je trouve que rien sur terre ne coule de source, que rien ne devrait rester figé. Qu'on pourrait tout changer. Et qu'on devrait. Mais il paraît que ça passe, que c'est l'âge bête. Ça serait une idée de vieux que ça ne m'étonnerait qu'à moitié… Ils ne se rendent pas compte que c'est l'inverse. L'âge bête vient avec le temps, si on n'y prend garde.

Maman a encore joué à la poupée. Rodrigo, Gonzalo, Mico et moi sommes tous habillés pareil, en bleu et blanc, sandales pour les filles, tennis pour les garçons. Maillot marin et short immaculé, des petits matelots urbains. Mais ça ne fait pas le même effet sur moi que sur les autres, apparemment. Je remporte un franc succès auprès de Tete Ilitch, qu'on est censés appeler Luis, ici en Espagne. Ilitch présente une indéniable sonorité bolchevique, suspecte sous ces latitudes. Il me fait la bise, me saisit l'épaule pour m'éloigner de lui et m'emmitoufler, par cette chaleur, d'un regard de connaisseur qui me spirale autour et marque un arrêt imperceptible – que je perçois parfaitement – à hauteur de poitrine et de cuisses. Il faut croire que je change, malgré mes efforts.

— Oh là là ! Une vraie jeune fille !

Il l'a dit en français, avec le U pointu et une détestable emphase. En français et en gros balourd. Une vraie jeune fille. C'est tout ce qu'il trouve à dire ! Exactement ce que je n'ai aucune envie d'entendre. Surtout de la bouche de mon héros. Je ne lui connaissais pas ce style gros sabots, je ne peux pas y croire. Son aura vient de perdre un peu d'éclat. Ainsi il serait comme d'autres, dont les yeux baladeurs et les mots supposés flatteurs cinglent comme des gifles. Sous l'apparence d'un hommage que personne ne réclame, on sent poindre une ambiguïté, indéfinissable, mais à coup sûr désagréable, poisseuse. Pas Ilitch, pas lui, je dois mal interpréter. Heureusement, pour me distraire, il y a la bleue, la petite dernière. La bizuthe. On s'extasie à grand bruit. Elle se rétracte. Des comme nous, elle n'en a jamais vu. Ni, surtout, entendu. On lui trouve des ressemblances, des charmes, des mignonneries qui achèvent de la terroriser. Elle ne comprend pas un mot de nos éloges de bienvenue. Recroquevillée en haut de sa mère comme au sommet d'une tour de guet, elle nous observe à l'abri de son doudou, une sorte de loque toute resucée qui nous maintient à distance. On embrasse Brooke, aussi blonde et souriante que dans mon souvenir, et très fière de son fardeau, sa petite brunette dorée, yeux et cheveux charbon, dont elle a l'air d'être la nurse et non la mère. En revanche, Victoria passerait sans problème pour notre petite sœur. « Chromatiquement parlant », précise Gonzalo, le roi des mots trop longs. On récupère les incroyables bagages, à l'américaine, des valises et des valises, comme la dernière fois. On se répartit dans des taxis pour rentrer à la maison sans que Victoria décolle de sa mère. Toujours un peu réfrigérée par l'accueil d'Ilitch, euh, de Luis, je colle à la mienne. Mais je ne dis rien. Je suis seule à avoir enregistré ce message-là, et j'ai l'intention de n'en rien laisser paraître. Je me suis trompée, sans doute.

Comme la dernière fois, les valises contiennent des cadeaux à profusion. Gadgets, jouets, habits marrants qu'on ne trouve pas par ici. Et, surtout, des disques. Pete Seeger, Joan Baez, Bob Dylan, Peter Paul and Mary, Simon & Garfunkel, les Doors… Une autre musique. Tete Pepe exècre le folklore pour touristes qui fait les belles heures de la télévision franquiste, le tchica-tchica-tchic et le porompompom qu'il englobe sous le terme générique de *¡ Viva Cartagena !* et qui le mettent en rage. « N'importe quel roucouleur sud-américain, encore couvert des tomates qu'on lui a jetées chez lui, peut se contenter d'atterrir ici avec ses maracas, déclarer avec trémolos inclus que sa famille est issue d'Albacete ou de Cartagena, qu'il adore la mère patrie, et les caméras de la télé ne le lâchent plus ! Plus c'est opportuniste, plus ça marche ! Il suffit d'être mauvais ! » Les bons artistes sont censurés ou en exil. Il faudrait qu'on s'extasie sur ces ahuris à dents blanches qui profitent de la médiocrité ambiante. Que les étrangers voient ça lui fait honte, au Tete, ça insulte son hispanitude. Avant la guerre, l'Espagne brillait à l'avant-garde de la vie artistique. Aujourd'hui, en lieu et place de Lorca, Picasso et tant d'autres, on en est à l'exhibition de *flamencas* grassouillettes, *faralaes* en berne et *zapateado* laborieux, hurlant leurs « *¡ay ! ¡ay ! ¡ay !* » de pacotille aussi sincères qu'une promesse de bohémien. Le Tete déduit sans doute de mon silence que je partage ses indignations. Je fais comme si, mais en fait je vibre à ces espagnolades qui lui donnent des allergies. Je me vois bien en robe à pois, hautaine et cambrée, agitant mes volants aux accents de *Peret y sus gitanos...* Avec à mes pieds des hidalgos transis d'amour à qui je n'offrirais que la poussière soulevée par mes fougueux *taconeos...* Je garde pour moi mes divagations. Ça lui ferait du mal de s'être à ce point trompé sur mon compte.

La guitare de Brooke refait son apparition, même si elle a désormais dans les bras de sa maîtresse une rivale d'importance. Le temps de chanter ensemble est revenu. J'adore. Et, mieux que la dernière fois, c'est l'été. Fête tous les soirs sur la terrasse. On mange des tapas. *Empanadillas* au thon et à la tomate, *croquetas* au jambon serrano, *boquerones* marinés au vinaigre, côtelettes d'agneau. Les agneaux d'ici, maigrelets et tendres, pas gras et mous comme d'autres, fournissent des très fines *chuletas de palo*, qui se dévorent en une bouchée. Maman en fait griller des pyramides croustillantes, qui demandent une très longue préparation pour quelques secondes à la consommation. Après des heures dans la fournaise, face à ses poêles, Libertad triomphe, à la fraîche, avec des plateaux de tout ce qui leur manque à l'étranger. Comme avant. En dessert, des tranches de pastèque et de melon *Villaconejos*, le meilleur, et un plein panier de *picotas*, incomparables cerises sans queue. Si maman cultive des traditions familiales tournées vers hier, vers ce passé d'Andalousie et d'Estrémadure qu'ils vénèrent parce que Yaya y vivait, Brooke assure une animation musicale qui nous embarque vers l'autre bout du monde, un monde moderne, qui manifeste, qui se bat et qui chante. Elle a progressé à la guitare, et reforme la chorale qui fit les grands soirs du 36 à Vieillottes. Elle a apporté les partitions du dernier arrivage de trente-trois tours. On apprend les chansons du mouvement pour les droits civiques, dont les traductions ne passeraient pas la censure en ces latitudes. Mais comme les paroles sont en anglais, on les entonne sans souci des voisins qui pourraient jouer les corbeaux. Si le plan Marshall a ignoré la péninsule, une pluie de dollars l'a néanmoins inondée avec quelques années de décalage, à la faveur de la guerre froide, en échange de quelques bases stratégiquement disséminées sur fond d'anticommunisme. Du coup, les autorités ne professent plus de prévention pathologique contre les cowboys qui, malgré leur fâcheuse valorisation de la démocratie, ont sauvé l'économie chancelante de la dictature. On peut lâcher quelques mots d'anglais sans risquer de représailles. C'est l'analyse du Tete, on lui fait confiance, on y va de bon cœur. Victoria danse un ballet approximatif, sans lâcher son biberon. On déchiffre à tue-tête *If you miss me at the back of the bus, Little boxes, We shall overcome, We shall not be moved, Freedom* et tant d'autres... Des airs qui nous racontent chacun une petite histoire, sur le même thème. Ces histoires nous disent que les combattants de la liberté ne connaissent ni frontières, ni couleur de peau, ni classes sociales, ni barrières de langue. Que nous ne reculerons pas. Jamais. Nous vaincrons. Toujours. Parce que nous sommes du côté de la démocratie. Du bon côté de la vie. Ensemble.

Sous les étoiles et la caresse de soie sombre de la nuit madrilène, le ventre plein de victuailles chargées d'histoire et d'affection, je me dis que rien au monde ne peut davantage ressembler au bonheur que ce moment précis. Je retiens ces larmes qui n'ont rien de triste, au contraire, mais qui inquiéteraient maman, qui voit tout, même dans le noir.

— Brooke, Brooke, raconte-nous encore l'histoire du Texas !

Comme toutes les histoires, celle-ci tient son charme du fait qu'on la connaît par cœur. Et qu'on ne s'en lasse pas. Brooke se fait prier un peu, ça fait partie du jeu. Mais pas longtemps. Elle pose sa guitare. Sa voix calme, son accent délicieux, la faible lumière jaune des lanternes évoquent le camp des castors juniors, ou l'idée que je m'en fais. Avec Riri, Fifi et Loulou, qui s'appellent en vrai Huey, Dewey et Louie. Et en espagnol Jaimito, Jorgito et Juanito.

— Ça se passe à une époque où vous n'étiez pas nés, et même si je ne l'ai pas connue, la guerre était encore dans toutes les mémoires. L'entreprise de mon père traversait une passe difficile, au point qu'il décida de tout arrêter et d'accepter l'offre plus qu'alléchante que lui faisait une grosse société texane. Des soucis en moins et des dollars en plus, il n'y avait pas à hésiter. Ce qui signifiait que, pour la première fois de ma vie, je ne quittais pas Los Angeles pour de simples vacances à quelques milles. Tout quitter, avec ma mère et mon frère, pour suivre papa, ça me faisait peur et envie à la fois. Papa vendit la maison et tout ce qu'on avait, les meubles, les livres, tout. Un beau matin nous embarquâmes à bord de la berline familiale, papa au volant, maman en copilote et mon frère et moi, à l'arrière, prêts pour une nouvelle vie. Nous ne laissions rien derrière nous, rien de matériel. C'était comme partir à l'aventure. La famille de maman viendrait nous rendre visite dès que nous serions installés. Celle de Papa vivait dans l'Est, nous les connaissions à peine.

« Traverser la Californie, puis la totalité de l'Arizona, le Nouveau-Mexique, des kilomètres et des kilomètres de désert et de routes toutes droites, même en chantant des chansons et en racontant des blagues, il y avait de quoi trouver le temps long et s'endormir. Mais nous allions connaître le pays des rodéos, des ranchs et des westerns. Ou des milliardaires et des puits de pétrole, d'après papa qui s'y voyait déjà... Enfin, après une journée et demie, nous passâmes la limite de l'État du Texas. Il restait beaucoup de route, mais nous étions arrivés à bon port… Le réservoir avait soif et nous aussi. Papa s'arrêta à une station-service, fit le plein et alla aux toilettes. Nous nous apprêtions à descendre boire un soda avec maman, quand nous vîmes papa débouler avec sa tête des mauvais jours.

« — Montez dans la voiture, on repart !

« Furieux, il s'installa au volant, sans un mot. Nous n'avons pas demandé notre reste, avons obéi. Papa fit demi-tour, nous repartîmes dans l'autre sens.

« — Quelle mouche te pique ? lui demanda ma mère.

« — Les toilettes sont marquées "White only". Je le savais, j'en avais entendu parler. Mais je ne l'avais jamais vu. On ne reste pas là. Hors de question.

« *White only*, ça voulait dire que si ton épiderme était sombre, tu n'avais pas le droit d'y déposer un pipi universellement jaune. On est rentrés en Californie, direct. Papa a redémarré de zéro. Il a créé une nouvelle société, et il a embauché en priorité ceux qu'on n'embauchait pas ailleurs. Des Noirs, des Chicanos et des étrangers. Il a refait fortune, grâce à eux.

On adorait cette histoire. Comme un conte de fées qui serait vrai. Qui finirait bien. Ça existait, donc, des gens qui se battaient pour la bonne cause et qui gagnaient. On en redemandait :

— Il a fait fortune ? Il est millionnaire ?

— Pas millionnaire, mais assez riche pour avoir une collection de belles voitures et payer un employé pour s'en occuper…

Les voitures, ça passionne Gonzalo.

— Quoi, comme voitures ?

— Cabriolet Mercedes, Jaguar type E, coupé Aston Martin, Corvette, Lancia…

La mâchoire lui en tombe, au frérot. La Californie lui apparaît comme une sorte de paradis sur roues. Il est temps de changer d'angle, autrement ils vont parler bagnoles jusqu'à minuit, Brooke, aussi, les adore. Rodrigo lance une diversion. Lui, la mécanique, les moteurs et les circuits le laissent froid.

— Il fabrique quoi, dans son usine ?

— Des autocollants.

Devenir riche en fabriquant des étiquettes, bien un truc d'Américain…

— Des autocollants, y en a de toutes sortes… Des géants, pour mettre sur les flancs des avions. Des métalliques, pour prévenir qu'une machine est dangereuse. En papier, en plastique, en tissu, pour la publicité…

Ça m'intéresse moins que les droits civiques des Noirs américains, cette nouvelle fournée de héros, aussi beaux, aussi grands et admirables que les Républicains espagnols. Des Libertad et Angel qui s'appelleraient *Liberty and Angel*, ça sonne presque pareil. Je lis tout ce qui me tombe sous la main et qui les concerne, de Booker T. Washington à Martin Luther King. Je les admire comme Spartacus, dont un de mes oncles, mort bébé, porta jadis le nom. Je me sens liée à tous les esclaves passés et à venir. On chante encore un peu, tout doucement. *Where have all the flowers gone, long time passing* et *Blowing in the wind…* On finit par aller se coucher, il est plus que tard, le Tete travaille demain. J'ai fait provision de rêves. Ce n'est qu'une fois couchée que je me rends compte que je n'ai pas pensé à Angel. Papa. Sans été.

Tout seul à Vieillottes pendant qu'on se goberge là où il devrait être. Là d'où il n'aurait jamais dû partir. Chez lui. *Where he belongs*. Dans la vie, il y a toujours des petits morceaux tristes qui traînent, au plus fort du bonheur, ça doit être ça qui donne envie de pleurer. Comme un caillou dans la chaussure, qu'on sent encore même quand on va nu-pieds.

Par un de ces après-midi écrasés de chaleur que nous sommes censés consacrer à la sieste et que j'ai l'autorisation de passer à lire dans la bibliothèque, je crois entendre à l'étage un son incongru, à la limite du perceptible, là où se repose Tete Pepe. Tout le monde dort ou fait semblant, le silence est épais, mais j'ai perçu une ambiance inhabituelle. Victoria en écrase dans son berceau. Je me lève, tente d'éviter, parmi les lattes du parquet, celles qui craquent. J'arrive en bas des marches. Je perçois une activité là-haut, mais la porte fermée indique clairement qu'il ne faut pas déranger. L'escalier est en marbre. L'avantage, en plus de la fraîcheur, c'est que ça ne fait aucun bruit quand on marche dessus. Je suis presque arrivée, tête baissée, concentrée à l'extrême sur mon souci de discrétion totale, quand la porte s'ouvre en grand sans émettre le moindre son annonciateur qui m'aurait permis de battre en retraite. Patatras. Flagrant délit, vacarme silencieux dans ma poitrine, écroulement. Rien d'autre ne justifie ma présence que mon intention évidente d'espionner ce qui ne me regarde pas et qui m'était clairement signifié par le plus évident des codes. Vite, une excuse ! Mais laquelle ? Maman est en bas, Brooke aussi, et tout le monde… C'est Ilitch, euh, Luis, zut, je vais finir par m'y faire, à son nom de guerre, qui a ouvert et qui me regarde. Moins que moi, mais un brin stupéfait quand même. À mon avis, il descendait chercher à boire, ne s'attendait pas à trouver une passagère clandestine dans l'escalier. Il me fait un sourire largissime :

— Viens, ne fais pas de bruit, je reviens…

Pas fâché le moins du monde. Je me redresse et prends un air normalement dégagé pour achever mon ascension.

— *Te traigo una Coca* ?

Tu veux un Coca ? Il va m'apporter à boire, en plus ! Il est sympa, tout compte fait. Au fond du salon, dans la pénombre des persiennes baissées, portes et fenêtres closes, Tete Pepe, assis au fond de son fauteuil de prédilection, est absorbé dans la contemplation d'un carton. Je m'approche. Il a l'air un peu surpris, mais il a la tête ailleurs, ne songe pas à me demander ce que je fais là. Tant mieux, parce que je n'en ai aucune idée. Un disque tourne sur la platine. En silence, pour la bonne raison que le bras est relevé. Le Tete attend le retour de son frère. Je stupéfie au carré. D'abord parce que ma présence ne semble poser aucun problème. Et parce que tous les disques que j'ai vus jusqu'à présent sont noirs. Or celui qui pivote devant mes yeux est rouge vif. C'est son enveloppe que tient Pepe et qui paraît le fasciner. Je n'ose pas trop bouger, je respire à peine, comme dans du cristal, ou un rêve, ou un univers prêt à se réduire en poussière au moindre souffle… Ilitch-Luis revient avec un plateau. Un Coca pour moi, et quatre bières. Une pour Pepe et trois pour lui, il ne consomme rien à l'unité. Il a refermé la porte, nous voilà calfeutrés. Pepe me tend la couverture du trente-trois tours : *Songs of the International Brigades of the Spanish Civil War*. Je comprends ! Ils écoutent en secret un truc interdit ! Que les voisins ne doivent pas entendre, parce que le Tete habite là toute l'année, il n'est pas un touriste protégé par son passeport. Et ils m'acceptent avec eux ! Me voilà embringuée dans une aventure de la vraie vie qui me propulse vers une autre dimension. Je suis plus que fière de mériter leur confiance. Ça vaut bien un gorgeon de soda impérialiste, pour sûr !

Luis-Ilitch pose le diamant sur la surface écarlate. Enregistrées autrefois puisqu'elles grésillent, chantées par des Américains avec l'accent, des chansons espagnoles que je connais par cœur pour les avoir entendues mille fois dans la bouche d'Angel s'élèvent tout doucement dans notre petit espace de conspiration du silence. C'est incroyable. Entendre ça ici, si étrangement interprété, voir le visage bouleversé de Pepe et le sourire enthousiaste de Luis porteurs de messages si différents. L'un n'a plus jamais entendu ces chansons, pendant des années et des années de franquisme. L'autre est tout à la joie d'avoir dégotté, à l'autre bout de la planète, cette pépite de plastique rouge. On l'écoute comme à la messe, ou à l'idée que je me fais de la messe. Clandestins, encore. Avec eux. Cadeau inestimable. Je me sens privilégiée. *Madrid que bien resistes, Mamita mía, los bombardeos, los bombardeos, De las bombas se ríen, mamita mía, los madrileños, los madrileños... Con las bombas que tiran, mamita mía, los aviones se hacen las madrileñas, tirabuzones*. Je me sens madrilène. Comme eux. Écouter, en communion avec le sage et le fou, avec l'austère et le clown, ces voix qui nous restituent une partie de ce qui nous fut volé, noyé dans la défaite, l'exil et les disparitions.

L'esprit de la lutte, l'espoir en un monde plus beau, la solidarité. Partager un tel moment avec mes deux oncles, si c'est ça être grande, je veux bien reconsidérer la question, et accepter la trahison programmée de mon corps en expansion. Cette fois-ci, papa, je pense à lui. Très fort.

AMOURS DE PAPIER

J'ai une passion pour Sara. Princesse Sara. Une passion inavouable. Plus de mon âge. Une histoire pour les huit-dix ans, pas davantage. *La Petite Princesse*, de Frances Burnett, je l'ai piquée à Mico, sans vergogne. Un livre pour débutantes en lecture. Peu me chaut. Je me vautre avec délices dans la régression la plus ouatée en me repaissant, encore et encore, comme une litanie, des passages où Sara, malheureuse, méprisée, mais qui garde toujours un cœur d'or, rentre dans sa mansarde sans chauffage pour découvrir qu'une main magique a déroulé d'épais tapis, allumé un bon feu et posé sur la vieille table bancale une riche nappe couverte de victuailles. Ses araignées et ses souris apprivoisées partagent avec elle et sa compagne de misère le festin qu'un bienfaiteur inconnu a somptueusement mis en scène pendant qu'elles trimaient dans les étages du dessous, là où Sara, naguère, occupait la plus belle chambre. Sara était riche alors, la plus riche des pensionnaires du collège de luxe où son père la laissa avant de partir pour les Indes. Les Indes ! Avoir un père qui part pour les Indes ! Qu'est-ce qu'y fait ton père ? Il part pour les Indes. Comment ça leur clouerait le bec, aux Keski. Sara riche avait été jalousée par les autres. Devenue pauvre, elle fut méprisée par les mêmes. Son père ne trouva aux Indes que la maladie et la mort, et laissa sa fille sans ressources. Je m'identifie à Sara, même si mon père à moi, qui part à l'aube, tous les matins, non pas pour les Indes, mais pour un atelier sans gloire et sans surprise, a l'avantage d'en revenir tous les soirs aussi sûrement que les étoiles dans le ciel. Avec pour toute fortune des histoires drôles. J'ai un père sur qui je peux compter. Pas comme cette pauvre Sara. Une fois que le sien est mort, ses Keski à elle se déchaînent. La maltraitent et l'humilient. Elle se retrouve servante. Elle sera sauvée par le mystérieux visiteur de la mansarde et retrouvera la fortune. Et la jalousie des méchantes, par la même occasion.

Je ne me lassais pas du voyage de Sara. Le trajet aller, de la naissance fortunée au malheur absolu. Puis le retour, de la misère à la splendeur retrouvée et, cette fois, méritée, puisque Sara n'oubliera pas ses camarades des jours d'infortune. Je me rêve en Sara. Je me repais de sa revanche, que je fais mienne. Je flotte en apesanteur au-dessus du gouffre qui sépare ce que les autres croient savoir de moi et la princesse que je suis vraiment, dans mon royaume dont elles ignorent tout. Un jour, celles qui me méprisent me jalouseront. Je le sais, je l'ai lu. Je voyage à ma guise dans l'espace infini et le temps sans frontières ouvert par les pages des livres.

Ils sont mes repères fidèles, immuables. Mes doudous pour dormir tranquille. Comme les contes de fées quand on est toute petite, brodés de formules qui se répètent telle une comptine. Tout ce qu'on leur demande, c'est de supprimer la notion d'inattendu. Qu'on sache dès le premier mot sur quoi et qui on peut compter dans la vie. Les livres, c'est comme les gens. Il y a ceux qu'on ne fait que croiser, et il y a les amis, qu'on ne se lasse pas de voir, de revoir, et de chérir. Ce ne sont pas forcément les plus beaux, ni les plus intelligents, mais ceux qui savent raconter une histoire qui aide à vivre, qui protège et qui console. On les lit en ralentissant vers la fin pour les faire durer. Et on recommence au début. On les relit comme on plonge la main dans une boîte de chocolats, par pur plaisir. On y habite comme dans une maison de vacances, en toute liberté, sans corvées et sans devoirs. On en adopte les personnages comme une famille en prime qui n'occupe jamais la salle de bains et ne te pique pas ta part de dessert. Et même, on y trouve ces fiancés dont la vraie vie se montre avare, et qui ne risquent pas de se jalouser entre eux Je suis folle de Tom Sawyer et de Huckleberry Finn. Entre les deux, mon cœur balancerait encore davantage, si je n'étais gravement amoureuse du grand Lebrac, le chef des Longeverne dans *La Guerre des boutons*.

Je vogue vers le Mississippi, sur un bateau à aube paressant vers le XIXe siècle, vers le soleil, les bayous, les enfants malins et libres. Qui portent des chapeaux de paille et des salopettes aux bretelles qui tombent. Même quand ils les frappent, les adultes ne les atteignent pas. Ne les égratignent même pas. Tom Sawyer fait tourner sa gentille tante Polly en bourrique, il n'aime ni l'école ni les contraintes. Comme son pote Huck, le vagabond, le voyou qui n'en a rien à faire de rien, qui se met l'autorité en bandoulière et tout le monde dans la poche. L'air de la liberté et l'insolence étant éternels, le vent de 68 a soufflé sur la plume de Mark Twain. Il est heureux que le frottement du regard n'use pas le papier comme les toboggans usent les culottes, autrement mes yeux auraient effacé à force de le lire le passage où Tom Sawyer est privé de pique-nique par sa tante, et condamné à repeindre la barrière du jardin. Becky, dont il est amoureux, et tous ses copains de l'école, où Huck refuse de mettre les pieds, partent avec leur panier et s'apprêtent à le narguer quand ils tombent en arrêt devant l'élève puni, armé de son pinceau et absorbé par sa tâche au point qu'il ne prête pas l'ombre d'une attention à ses camarades. Le groupe s'approche et tente de comprendre les motifs d'une telle concentration. Tom ne repeint pas comme un ravaleur. Il peint comme un artiste. Il ferme un œil, donne un petit coup de pinceau, léger, subtil, puis recule pour juger d'un effet invisible aux curieux qui se pressent pour mieux voir. Ils veulent tous essayer, éprouver le grand frisson qui semble mettre leur camarade dans un état second... Oublié, le pique-nique. Tom, passionné par son œuvre, ne les entend pas. Il finit par consentir à prêter sa brosse, mais attention, juste un petit peu, un par un, dans le calme. La palissade est entièrement repeinte par les autres et Tom sort de sa punition auréolé de la gloire mystérieuse que partagent les artistes et les aventuriers. Je suis Tom, je repeins toutes les barrières de la vie, les Keski en sont jaunes de dépit. Vertes de jalousie. Rouges de colère. Grises de mesquinerie. La vengeance est un rêve en couleurs. Je suis aussi Becky, ou plutôt je prends sa place dans le cœur de Tom, il a un coup de foudre pour moi, somptueuse créature venue du futur pour partager avec lui ses aventures les plus dangereuses, traquer Joe l'Indien et Muff Potter. Bien sûr, dès que Huck me voit, il tombe sous mon charme et c'est parti pour ce que j'ai cru comprendre de Jules et Jim, j'ai *des bagues à chaque doigt, des tas de bracelets autour des poignets*, comme dans la chanson de Rezvani que chante Jeanne Moreau dans un quarante-cinq tours qui traîne à Madrid et que Tete Pepe adore. Comment choisir entre Tom et Huck, Huck et Tom, mes chevaliers servants, mes pirates, mes acolytes… Les Keski peuvent bien organiser des fêtes d'anniversaire où elles ne m'invitent pas, je ne les emmènerai pas à la chasse au trésor sur les rives du Mississippi. Tant pis pour elles.

Je prends le premier tortillard pour Longeverne et Velrans, deux villages que je ne sais situer que par longitude « avant » et latitude « ailleurs ». *La Guerre des boutons*, de Louis Pergaud, y fait rage. École de la IIIe République, terre paysanne. Aux cris de ralliement de « Longeverne pique-merde » et « À cul les Velrans », les deux armées d'écoliers qui s'affrontent après la cloche saisissent sur l'ennemi, comme trésor de guerre, les boutons qui ferment leurs habits. Ils n'ont rien d'autre. S'il ne tenait qu'à moi, j'irais prêter main-forte à Lebrac et je combattrais avec des vêtements à fermeture Éclair. Les soirs de victoire, il m'embrasserait sur la bouche. Des soirs de défaite, y en aurait pas. Marie-Tintin, sa chérie, ne pourrait pas m'en vouloir, parce que j'aurais pensé à lui offrir un nécessaire à broder, puisqu'elle recoud les boutons et qu'il ne faut pas compter sur moi pour les travaux d'aiguille. Je suis pauvre, sans doute, aux yeux des Keski, et je suis censée en concevoir de la honte. Que diraient-elles alors quand, au terme d'une bataille homérique, ils décident de s'offrir un banquet et achètent, pour l'armée entière, une boîte de sardines ! Chaque petit poisson est coupé scrupuleusement, égalitairement, et comme ça ne tombe pas juste, la part manquante est compensée par le droit de saucer toute l'huile avec de la mie de pain. Ils regardent en salivant le chef qui mesure avec rigueur la taille de chaque morceau. Les combattants savourent, en prenant leur temps, la bouchée minuscule et précieuse. Tout est relatif. À côté d'eux, je suis milliardaire. Je me vois débarquant en pleine fête, avec un lot de boîtes de conserve, des tubes de lait concentré sucré, des sacs de papillottes avec des papiers qui brillent et des paquets de chewing-gum à la chlorophylle ! Une orgie comme ils n'imaginent même pas ! Comment ça les épaterait ! Comment je serais leur héroïne ! Comment il craquerait pour moi, le grand Lebrac !

J'imagine le regard des petits paysans en un tel moment d'extase. Le même que celui de cet enfant dont maman nous parle souvent parce qu'elle ne l'a jamais oublié. Un petit garçon, à Barcelone, pendant la guerre. Efflanqué, en haillons, errant dans la rue. Il repère une orange éventrée, dans une flaque, au bord d'un trottoir boueux. Regarde à droite et à gauche pour vérifier qu'il est bien le seul à avoir repéré le trésor, et se jette dessus. Saisit la dépouille du fruit et mord dedans, sans la nettoyer, sans chercher à la peler. Se contente d'enfoncer ses dents avec anxiété, avec exaltation, avec ferveur. Mâche le mélange de peau, d'eau croupie et de pulpe sale comme s'il dégustait le plus délicat des nectars. Libertad, paralysée, fond en larmes. Nous en sommes donc là, pense-t-elle, et le petit garçon n'a plus jamais quitté son esprit. S'il avait partagé une lamelle de sardine avec les vainqueurs de Longeverne, il aurait communié dans la béatitude, avec eux, comme eux… Mais sa guerre à lui n'était pas des boutons. Libertad n'avait d'autre cadeau à lui offrir que de faire semblant de ne pas l'avoir vu, pour ne pas ajouter la honte à la misère. Elle ne pouvait pas faire irruption dans son festin, rallumer son sourire avec des cerises ou des amandes, parce que certaines choses, même si on les désire plus que tout, n'arrivent que dans les rêves.

La chaleur des garçons

L'ennui, le long ennui filandreux des après-midi de fin d'enfance, début d'une adolescence qui ne se décide pas à démarrer pour de bon. Je ne suis pas pressée. Moi, ce que je voudrais, c'est habiter dans la pub des chewing-gums Hollywood, un truc à épisodes avec des bandes de jeunes qui courent sur des plages en éclaboussant partout, fringués de toutes les couleurs, ivres de fraîcheur de vivre et de liberté. Ça doit être exaltant. Mais Vieillottes n'est pas Hollywood. Ici, la fraîcheur n'est pas de vivre, elle est du fond de l'air. Un autre registre, une affaire de vent coulis, de prends pas froid, d'humidité qui tombe, à se faire un sang glacé, un temps de saison, il va pleuvoir. Je vais mourir de mélancolie si on me donne encore des nouvelles de la météo.

Depuis la sixième, le jeudi après-midi, on va chez Nanou. Elle sort de la danse, Claire du judo, et moi de la gym. Affamées, hors d'haleine, on se retrouve à *La Bonne Étape*, le bar-restaurant-bureau de tabac de ses parents, pour goûter. On arrive en trombe, elle rafle un paquet de petits-beurre au comptoir et sa mère lui tend pour nous un grand pot de chocolat, réchauffé à la machine tonitruante qui casse les oreilles mais fait mousser le cacao à la professionnelle, un régal. La réputation des cafetiers comme archétypes de petits commerçants mesquins tournés vers la droite et obsédés par les impôts ne correspond en rien à la famille Hadley, accueillante, chaleureuse, enchaînée à son établissement ouvert à tous, aux fidèles du zinc comme aux amis des enfants. Les clients ne font pas attention à nous, on monte dans les coulisses. Dans l'antre de Nanou. Elle a une super chambre bien planquée sous le toit, où ses parents ne mettent jamais les pieds, comme si leur benjamine était déjà une vraie jeune. Ils travaillent à demeure, juste en dessous, à quelques mètres, mais ne montent à l'étage qu'au milieu de la nuit, après la fermeture. Nanou a la bride sur le cou, on en profite avec elle. Jamais nous n'allons chez Claire, dans la belle maison de son père le juge et de sa mère l'invisible, et pas davantage chez moi. Si chez Claire ça ne respire pas l'hospitalité, chez moi, ça risque d'être le contraire. Je ne veux rien imposer à Libertad, elle se croirait obligée de s'occuper de nous. Ici, on est tranquilles, on fait ce qu'on veut. On peut même ne rien faire du tout, la belle vie…

L'année dernière, après le sport, on restait en mode agité. Pas de décompression. On se lançait des défis, on se mesurait nos spécialités, à grands renforts de critiques. Chacune tenait à démontrer qu'elle maîtrisait la technique la plus intéressante, la plus difficile, la plus esthétique. Ça se jouait à deux contre une. Nanou enchaînait des pirouettes et des entrechats, on l'imitait, petit doigt en l'air et mines pointues, en piaillant : « Tutu, cucul ! » Claire mimait des prises intimidantes férocement annoncées en japonais : « Osotogari ! Isa Guruma ! Tsuri Gomi Goshi ! » Gesticuler sans kimono et sans sa précieuse ceinture verte restait crédible, mais démunie d'adversaire, ça devenait trop facile ! Il fallait admettre que le jour où elle aurait un vrai méchant face à elle, elle saurait s'en débarrasser pour peu qu'il prenne la pose adéquate. Mains jointes, œil bridé, révérentes, on prenait l'accent nippon : « Que mon honorable agresseur ait l'obligeance de vouloir se pencher bien comme il faut, à quarante-cinq degrés très exactement, afin de permettre au misérable ver de terre que je suis de lui écraser la tronche ! » Et quand, ne disposant ni de poutre ni de barres asymétriques, je me lançais dans de complexes enchaînements au sol, elles se tapaient sur les cuisses en émettant des borborygmes qui suggéraient que ma prof, de la famille des chimpanzés, répondait au doux nom de Chita. On ne s'en lassait pas…

Je situe à la rentrée en cinquième, dans la chambre de Nanou, le moment où nous avons basculé vers d'autres préoccupations. Nous résistons encore un peu, parfois, et jouons encore, mais les dés sont jetés. Le toboggan est bien huilé, la pente savonneuse. L'ambiance glisse vers une sorte de langueur. Une fois passés l'excitation du sport et le réconfort du chocolat, une indolence rêveuse nous prend, qui a commencé à l'instant où Nanou nous a sorti la pile de quarante-cinq tours que sa sœur Élisabeth, qui ne les aime plus, lui a légués et qu'elle partage avec nous, comme les sucreries dont ses parents, qui n'ont pas les préventions des miens, la gavent. Quelle aubaine ! Nanou partage tout spontanément et très rigoureusement, sa générosité jamais en défaut. Ses héritages les plus précieux lui viennent de ses trois aînés, deux filles et un garçon, étudiants. Étudiants, ça veut dire qu'ils ont quitté la ville, parce qu'à Vieillottes, des étudiants, y en a pas. Ici, personne ne bouge. Nul ne dérange la torpeur ambiante, la mairie veille au grain, éloigne toute source de mouvement. Pas le genre à se laisser aller, à se chewing-gommer la vie en shootant dans les vagues, oh ! non. D'ailleurs, y a pas de plage, comme ça on est tranquilles. Y a même pas une vraie gare. Les gens qui viennent ici, faut vraiment qu'ils le fassent exprès. Ou qu'ils se perdent… Ou qu'ils aient un peu la poisse, comme Angel et Libertad, pas des gros veinards, faut reconnaître… Ou encore qu'ils soient nés ici, comme moi. À Vieillottes, pas de boîtes de nuit, de discothèques, de patinoire, de bowling… On donne dans l'austère. Ne reste que l'évasion. Comme en prison. Par le rêve, seul véhicule à notre portée. Pour la fraîcheur de vivre, on repassera…

Chez Nanou, vautrées par terre, sur son tapis et ses coussins, on grignote, et ce jour-là, on attaque la pile. Premier disque, Adamo. On écoute avec un recueillement qui me rappelle celui de Madrid en compagnie de mes oncles, sauf qu'ici on peut écouter ce qu'on veut, ce n'est pas pareil, on est tranquilles. Même s'il y avait des voisins, personne ne les soupçonnerait jamais de jouer les indics, ça n'existe pas en démocratie… Comment pourrais-je me douter qu'à ce moment précis, autour de nos cous innocents, s'enroule une chaîne machiavélique et que nous en actionnons nous-mêmes le fermoir définitif ? L'asservissement qui en découle n'a rien à voir avec le franquisme et sa répression en chaussures à clous. Nous nous livrons corps et âme à un mythe maléfique, fondu dans une saga pur sucre et paré des atours les plus bouleversants. Le terrain est balisé par des années de contes de fées, notre naïveté mise en condition par des sommeils de cent ans et des cercueils de verre, notre candeur abusée par des carrosses en citrouille et des pantoufles de vair. Nous voilà prêtes à accueillir l'escroc du siècle, plus fort que les dieux, plus malin que le diable. Son altesse arnaquissime le prince charmant. Légende et manipulation liées en un épais sirop d'illusions et de faux-semblants collant comme du bubble-gum, dont nous dégusterons avec délice le nectar empoisonné jusqu'à contamination de la moindre de nos cellules. Un tatouage au cœur. Un jour mon prince viendra et je me ferai avoir jusqu'au chignon.

À l'instant où le diamant effleure le microsillon, nous n'avons pas conscience de cette sombre machination. Nous sommes réceptives comme on ne l'est qu'à cet âge. Adamo n'est pas le genre d'artiste qu'en classe on se vanterait d'écouter, ça fait trop midinette, et nous avons déjà compris qu'il faut savoir se donner des airs. Face aux Keski, nous jouons volontiers les affranchies, affichons avec insolence notre imperméabilité à l'eau de rose, d'où qu'elle pleuve. Le chanteur est belge comme je suis française, il joue sur deux tableaux. Sa voix de crooner sicilien caramélise d'autant plus efficacement que son écho wallon truffe le sentimental extrême avec cette bonne grosse rigolade qui permet de se reprendre, comme si on sortait indemne du bombardement de miel. Claire et moi ne vibrons pas aux mêmes accents. Elle adore l'humour de certains refrains, et se ferme comme une huître dès que ça tourne à l'attendrissant. Je fais l'inverse. J'ai beau en percevoir l'excès de mièvrerie, mes titres préférés donnent sans complexes dans le sirop le plus épais. À toutes les deux, on ferait une fan crédible. Nanou s'abstient de choisir un camp. Elle apprécie tout, sans excès, ne s'agace ni ne s'emballe. Elle s'inquiète des conflits, et même des désaccords. Assure, telle une arbitre, l'équilibre des échanges.

Mises bout à bout, les paroles constituent un lavage de cerveau auprès duquel les techniques du KGB sur les espions occidentaux feraient figure d'exercice amateur. Qu'on en juge : *Tombe la neige... et mon cœur s'habille de noir... tombe la neige... tout est blanc de désespoir*. La pluie peut bien tambouriner aux carreaux, je sniffe la plus addictive des poudres blanches... *Une mèche de cheveux, qu'elle m'avait donnée, une mèche des cheveux, qu'un jour j'ai caressés...* Et me voilà coiffée pour l'hiver, choucroutée, crêpée, avec des anglaises, une frange et des accroche-cœurs... *Toi, l'amour te ressemble, si fort, que j'en tremble, et je me demande dans quel paradis perdu, dans quelle légende, quel rêve où j'étais troubadour, j'ai pu te rencontrer un jour...* Paradis, légende, rêve, il a trouvé mon adresse, il m'a reconnue, c'est bien moi, confite d'amour. *Viens, viens, ma brune, viens écouter la mer, tu es toute ma fortune, viens écouter la mer...* De Vieillottes, je l'entends, la mer ! Au cœur du vinyle, tapie en quatrième titre, est embusquée la pépite qui m'engloutit sous un raz-de-marée de guimauve superlative. *Je vous offre un printemps au plein cœur de décembre, je vous offre un Noël au joli mois de mai... je ne veux rien de vous que votre main tremblante, pour la poser captive douce et frêle sur mon cou... je ne veux rien de plus que m'offrir à genoux...*

Où irais-je chercher que tout ça c'est pour de faux ? Je n'ai pas l'ombre d'un recul. Chez moi, les choses de l'amour et tout ce qui s'ensuit voyagent en soute, hors de portée, je n'ai d'autres références que les maigres infos glanées au petit bonheur auprès de Rodrigo pour les questions de machinerie, sous le préau pour les blagues et au gré de mes lectures pour le reste. Le butin donne dans le flou, l'approximatif... Pourquoi alors mettrais-je en doute ce que me chante Adamo ? Il s'appelle Salvatore, en plus. Le Sauveur. L'idée d'un mythe, d'une vue de l'esprit ne me vient pas. De tels garçons romantiques, tendres, gentils, qui ne veulent *rien de plus que s'offrir à genoux* doivent exister quelque part, dans un ailleurs indéfini, puisqu'il y en a au moins un pour avoir pensé ces paroles, les avoir écrites et chantées. Je m'interroge plutôt sur ma capacité à jouer la princesse fascinante, mystérieuse, inaccessible, qui saurait les rendre fous d'amour.

Si on intente un jour, et ce ne serait que justice, un procès au prince charmant, Adamo aura du souci à se faire. Les ligues antidiabète et les lois contre l'excès d'influence sur personne fragile, l'abus de situation dominante ou les détournements de mineurs risquent d'être fatales au roucouleur vedette. Il lui faudra un bon avocat.

Les dernières notes de « Je vous offre » n'ont pas fini de fondre dans l'air que Claire, saturée de sucre, regimbe :

— Arrête ça, ça dégouline, ça fait des flaques !

Nanou réagit façon faut-finir-son-assiette :

— On écoute tout, y a pas de raison !

— Va y avoir du mâchemalo plein ta platine et tu seras bien avancée ! Passe-nous plutôt « Vous permettez monsieur ? » !

Je m'extrais de ma rêverie :

— Elle t'énerve pas, cette chanson ?

— Pourquoi elle m'énerverait, c'est une chanson marrante !

— *Que j'emprunte votre fille*, ça te gêne pas ?

— Qu'est-ce qui devrait me gêner ?

— Que j'emprunte votre fille ! On emprunte un stylo, une paire de gants, un vélo, si on est vraiment amis. On emprunte pas quelqu'un ! Tu voudrais qu'on t'emprunte, toi ?

— Sûrement pas !

Nanou ne voit pas le problème :

— C'est une façon de parler. Une image.

Elle donne dans l'analyse, ça m'épate, mais je n'en démords pas :

— Moi, on m'emprunte pas ! Si quelqu'un voulait m'emprunter à mon père, je lui casserais la figure !

Claire prend un air entre deux airs de voyante extralucide à qui on ne la fait pas :

— Même si c'est Adamo ?

— Où tu vas, toi ? D'abord je le trouve pas beau. Faut pas confondre les pommes et le pommier. Et c'est pas parce qu'il chante bien qu'il a le droit d'emprunter les gens !

Nanou reste pragmatique :

— Si t'es au bal et que personne t'emprunte, ça veut dire que tu fais tapisserie.

Encore une expression qui m'échappe.

— Ça veut dire quoi ? Que tu fais du point de croix ? Je vois pas le rapport…

— Ça veut dire que c'est sur les garçons que tu fais une croix. Ça veut dire que t'es une moche, une laissée-pour-compte, une pauvre fille qui trouve pas preneur…

— Si t'es moche parce qu'on t'emprunte pas, je vois pas l'intérêt d'être jolie.

Elles se gondolent :

— Ça tombe bien, tu l'es pas !

Très drôle. Elles ne comprennent rien. Pourtant pas compliqué, ce que je raconte. Le chanteur joue sur deux tableaux contradictoires. D'un côté du disque, il s'offre à genoux, de l'autre, il t'emprunte. On se retrouve soit déesse, soit chose.

— Cette chanson m'énerve, vous m'énervez, tout m'énerve ! Je remets « Je vous offre ! ».

J'aime autant la guimauve. Je préfère écouter un prince m'offrir un Noël au joli mois de mai qu'un goujat demander à autrui si je suis empruntable. Mes copines ne sont pas sur ma longueur d'onde de princesse en devenir.

Nanou, pensive, lâche :

— Moi, ce qui m'énerverait, c'est de ne pas les attirer, les garçons.

Claire se rétracte :

— Moi, ce qui m'énerverait, c'est de les attirer…

Je les laisse à leurs considérations. J'aime mes copines, mais elles ont leurs limites. *Je vous offre le gris des jours passés sans vous...* Des accents houleux me tirent de mes errances.

— Ça se peut pas !

— Bien sûr que si, ça se peut, la preuve...

Claire vient d'affirmer qu'elle n'a jamais, au grand jamais, été amoureuse. Que ça ne l'intéresse pas et ne l'intéressera jamais. Nanou, qui tous les quatre matins jette son dévolu sur un nouveau fiancé, ne peut croire à une telle indifférence.

— Toutes les filles sont amoureuses !

— Alors je suis pas une fille. Je suis un hanneton, ou un ornithorynque...

J'interviens :

— Amoureuse, pour de vrai ?

— Y a pas deux façons !

— Je veux dire de quelqu'un qui existe vraiment, quelqu'un que tu connais ?

Elles ignorent mes passions pour les garçons qui n'existent pas ou qui vivent dans un autre monde. Je suis raide dingue de Little Joe, le petit frère dans *Bonanza*, un feuilleton américain qui passe à Madrid. L'acteur s'appelle Michael Landon, il doit vivre à Hollywood, je ne risque pas de le rencontrer, même si je rêve qu'il vient au collège, tout de blanc vêtu, et me reconnaît entre mille. Il s'avance vers moi, me prend dans ses bras et les Keski enragent... Je me ferais hacher menu plutôt que d'avouer un tel fantasme. À trop dévoiler ses batteries, on prend des risques inutiles.

Nanou farfouille dans la pile, elle en a assez d'Adamo et de la discussion. Comme toujours, elle craint, à tort, que ça ne vire à la dispute. Elle nous brandit un classique : « Poupée de cire, poupée de son ». Chanté par France Gall, qui pourrait être la grande sœur de Claire, dans la famille nymphette blonde. *Seule parfois je soupire, je me dis à quoi bon, chanter ainsi l'amour sans raison, sans rien connaître des garçons.* Nous ne connaissons pas grand-chose non plus aux vrais garçons. *Je ne suis qu'une poupée de cire, une poupée de son, mais un jour je vivrai mes chansons, sans craindre la chaleur des garçons.* Craindre la chaleur des garçons ? Ça veut dire quoi ? La chaleur des garçons, je vois très bien. Elle m'apparaît comme infiniment désirable. En quoi, alors, serait-elle à craindre ? Il faudrait avoir peur ? Mais de quoi ?

Chi va piano…

Je pénètre dans ce royaume de lenteur qu'est une maison de repos pour personnes âgées. Libertad y réside temporairement, avec réticence. Ambiance feutrée, ouatée, dans son attente de l'inéluctable ourdi par mon vieil ennemi, le passage du temps. J'arrive à l'étage que ma petite maman prend pour une rue, face à sa chambre qu'elle appelle *esta casa*. Elle a changé d'échelle de référence, mis le monde à sa mesure. Votre maman est en bas, me chuchote une aide-soignante derrière son chariot. Je redescends, le corridor du rez-de-chaussée résonne des notes approximatives du piano qui fait face à la télé dans la salle de détente. Les chaises se tournent vers l'une ou l'autre au gré des visites de ces anges de la miséricorde que sont les bénévoles, femmes entre deux âges qui viennent donner un peu de leur temps aux aïeules. Aujourd'hui, Nicole interprète des airs glanés au cours des cinquante dernières années et au-delà… Elle joue tellement mal que c'en est émouvant. Un assassinat avec la bonne volonté pour arme. L'indulgence est de mise, l'essentiel est de se souvenir. Elles fredonnent, toutes, en indiquant d'un imperceptible assentiment qu'elles se remémorent, oui, « La Java bleue »… ah non, madame Le Floch, ça c'est « Étoile des neiges », ah oui, « Étoile des neiges »… Je ralentis, fais pieds de velours, je veux la voir avant qu'elle ne me voie. On attaque « Amapola », un boléro des années trente repris en France par Tino Rossi et, à la maison, depuis toujours, par mes parents, version grandiloquente pour papa qui a toujours besoin de masquer ses nostalgies et version alanguie pour maman, penchée sur sa couture.

Libertad chante, la voix inaltérée au milieu du champ de gravats qu'est devenu son corps. *Amapola... Amapola... Como puedes tú vivir tán sola... Amapola, mi dulce amor.* « Amapola, comment peux-tu vivre si seule, mon doux amour… » Non, maman, tu n'es pas seule. Tu as élevé quatre piliers qui te soutiennent pour toujours, qui ne te lâcheront jamais. Je l'espionne. Assise avec les autres, elle donne un show. Ses jambes ne méritent plus toute sa confiance, si bien qu'elle vient d'inventer le concept de danse sur chaise, ses petites fesses bien calées, bras et jambes esquissant les gestes de toujours, port de tête intact, avec dans le regard la fierté et le défi inhérents à l'hispanitude de base, autrement ce n'est pas la peine de bouger. Le regard, tout est dans le regard, ma fille. Bref, elle fait le clown, à la grande joie des autres. Elle a la présence d'esprit d'emballer la chose de dérision, mais je sais qu'au fond, tout ce qu'elle veut, ce qu'elle a toujours voulu, c'est danser, et qu'on la regarde. Le sel de la vie. Musique et désir, quoi d'autre. Elle s'adapte au terrain, comme d'habitude. Mais elle ne change pas, ne se rend pas. Ce n'est pas la Camarde qui va la faire reculer. Quelqu'un a-t-il jamais aimé la vie plus que toi, qui as si peu reçu en retour…

Je sors de l'ombre, m'avance vers elle. Son sourire quand elle me voit ! Transfigurée, elle annonce aux autres, qui me connaissent par cœur :

— Ma fille, c'est ma fille !

Imperturbable, la pianiste, sur laquelle personne n'a encore tiré ni lancé une charentaise, persiste dans l'hispanique et dévaste gaiement « Bésame mucho », notre tango à nous. Libertad et Angel connaissent leur Gardel sur le bout des mots, de « Adios muchachos » à « Cambalache » en passant par « Yira, yira » et « La Cumparsita »… « Bésame mucho » mérite une mention spéciale. La version que papa laissa échapper un jour, au grand dam de maman, nous mit en joie pendant ces années où mes parents commençaient à baisser la garde. Ils avaient exercé sur toute parole connotée de sexualité un contrôle digne de la plus attentive des Anastasie, féroce symbole de la censure, qu'ils honnissaient pourtant et dont ils avaient souffert dans d'autres circonstances. Ce jour-là, *Bésame, bésame mucho*, « embrasse-moi, embrasse-moi beaucoup », était devenu dans la bouche d'Angel *Bésame, bésame el culo*, embrasse-moi, embrasse mon cul… *Aaaaangel*, avait rugi Libertad avec un quintuple *a* et dans les yeux le plus furax des panneaux d'interdiction. Trop tard. Flagrant délit ! Quel rire ! Fou, contagieux, zébrant l'espace en éclairs de pure allégresse ! Il ne fut jamais besoin d'en répéter l'inoffensive potacherie. À la première note, nous partions en vrille. Il s'en était suivi une raréfaction, voire une disparition du titre incriminé. Agacée, Libertad l'avait éliminé de son répertoire au profit de « Volver » ou « Caminito », plus susceptibles de tirer des larmes que de donner lieu à des interprétations décalées.

Je lui caresse les cheveux, je la prends dans mes bras pour une esquisse précautionneuse d'un tango approximatif puisque, si j'en joue volontiers les passagères, je ne maîtrise pas la conduite de ce véhicule argentin d'émotions universelles. Elle suit, les yeux mi-clos, Dieu seul sait les images qui lui viennent à cet instant… J'entrevois le poids de renoncement qu'a dû représenter pour elle son union pour la vie à un homme disciple du « *Tough guys never dance* », un *real man* qui ne saurait se lancer sur une piste que pour faire l'andouille. Le monde est mal fait et manque du bonheur rare de croiser un vrai danseur de charme, nous sommes d'accord, maman… Le public, chaussures molles, bas de contention et fringues élastiques, nous gratifie d'applaudissements complices. Elles rêvent encore, princesses périmées, naïves et racornies, à leurs lointains princes disparus, engloutis dans une valse à l'envers qui n'en finira pas de faire vibrer les petites filles d'avant-guerre qu'elles n'ont jamais cessé d'être, en noir-et-blanc et rose bonbon… Elles ont toutes traversé au moins une guerre. Je tente de lire dans le message brouillé de rides et de douleurs que livre leur visage d'aujourd'hui l'histoire que personne ne racontera. Marché noir ? Résistance ? Arrestation ? Faim, froid ? Idylle avec un supposé ennemi ? Attente du fiancé kidnappé par le travail obligatoire ? Perte de ceux qu'on aimait le plus au monde ? Simple survie ? Il est des époques où rien n'est simple. La vieillesse vibre du silence obstiné des vies que l'on oublie. Qui fut douce et timide ? Qui furieuse et passionnée ? Qui jeta son bonnet par-dessus les moulins en ces temps d'avant la pilule que nous avons tant de mal à imaginer ? Qui resta sage et fataliste, se demandant au fil des avortements et des accouchements en quoi pouvait consister ce qu'on appelle le plaisir ? Qui enragea de n'avoir pas le droit de vote ? Et qui resta convaincue que ces choses-là ne la concernaient pas ? Qui osa divorcer ? Qui se résigna à la grisaille de l'amour enfui ? Qui adora ses enfants ? Qui s'effraya de ne pas les aimer davantage ? Qui rêva sa vie et qui fit de celle des autres un cauchemar ? Le temps les a fondues dans la grande égalité des cheveux blancs, des démarches flageolantes et de la mémoire qui flanche. Quel visiteur, croisant dans le couloir la petite dame aimable et hésitante qu'est devenue Libertad, fragile comme la *candie in the wind* de la chanson, imaginerait l'incandescente fantaisie de ma mère, son énergie, son courage et sa drôlerie ? Elle, comme les autres, porte en bandoulière le feuilleton de sa vie tel un livre fermé dont le poids la ferait tanguer. Au cinéma, les effets spéciaux leur remettraient du cartilage aux genoux et de la couleur aux cheveux, effaceraient leur fatigue et leurs amnésies. On les verrait alors, pleines d'allant, courir dehors, prendre leur vélo ou leurs jambes à leur cou vers un premier rendez-vous, regard brillant et cœur battant, quand elles en étaient à l'écriture de leur premier chapitre.

On retourne vers le thé, le petit gâteau puis la chambre qu'avec mes frères et ma sœur nous lui avons coloriée comme un livre d'enfant, et qui suscite étonnement et admiration chez pensionnaires et personnel.

Plus tard, Rodrigo arrive. Comme tous les soirs, il attendra qu'elle se couche pour repartir. Il lui parlera à mi-voix, elle lui demandera s'il l'aime, il dira un peu, comme tous les soirs. S'il y a des papa-poule, il y a aussi des fils-pélican… Je les laisse, « A media luz », dans une pénombre en demi-teinte à la Gardel, *des après-midi de thé aux petits sablés, des nuits d'amour et de tango, les dimanches de thé dansant et les lundis de désolation...* D'autres maisons sous d'autres cieux, il y a longtemps. Le même sanglot de bandonéon.

Je pousse la porte, je sors, *Bajo el burlón mirar de las estrellas*, sous le regard moqueur des étoiles, en fredonnant le sublime « Volver, volver », *Revenir, le front fané, sentir que la vie est un souffle, que vingt ans ne sont rien, que mon regard fébrile erre dans l'ombre, te cherche et te nomme...* Les chansons d'amour, quand elles sont argentines, ça sert tout pareil pour pleurer sa mère. Je rentre chez moi. J'attends d'avoir tourné le coin de la rue pour changer d'espace-temps, brancher mon baladeur, laisser le vent et des airs d'aujourd'hui sécher mon spleen et mes larmes de tango.

UN SANG D'ENCRE

Chacune des crises d'asthme de Rodrigo, ces crises qui le terrassaient enfant, provoquait chez Libertad une crise d'angoisse. Elle n'en laissait rien voir, penchée sur lui, souriante, confiante. Rien ne trahissait sa douleur de le voir souffrir, ni sa peur de le voir s'asphyxier. Rien ne trahissait non plus, plus violente encore, la morsure d'une insurmontable culpabilité. N'avait-elle pas décidé, de son propre chef, de quitter l'Espagne ? N'avait-elle pas infligé à son bébé de six mois, plaqué contre elle, l'angoisse du déracinement, le traumatisme du passage rocambolesque du poste frontière ? Ne l'avait-elle pas enchaîné à ses propres peurs ? Rodrigo, seul de ses enfants à être né en Espagne, porte en lui ce dont les autres semblent préservés. Un malheur fondamental, constitutif, lié au destin et dont on ne se débarrasse pas.

Libertad a cherché une solution. Elle s'est documentée sur l'asthme. En connaît désormais sur la question autant que les médecins. C'est-à-dire, finalement, pas grand-chose. Un soir, un article dans *Le Monde* attire l'attention d'Angel. On y mentionne les lycées climatiques. Des lycées comme les autres, à un détail près. On y soigne les enfants malades de ces affections dites psychosomatiques. Ils en parlent entre eux, montent un dossier et se résolvent à prendre la décision qui les crucifie. Ils vont envoyer Rodrigo à plusieurs centaines de kilomètres, dans les Hautes-Alpes, respirer le bon air sec des cimes. Rodrigo, moyennement emballé, finit par se laisser séduire par la perspective d'un séjour montagnard, d'une classe avec cours le matin et sport l'après-midi. Et pas n'importe quel sport. Du ski ! Au début, ça se passe bien, les crises disparaissent. Il obtient ses étoiles, apprend à patiner, se dépense autant qu'il veut, autant qu'il peut. Il rentre à Noël, content. Puis à Pâques. Et c'est fini, il ne veut plus repartir. Vraiment, je ne veux pas, s'il vous plaît, laissez-moi rester. Je ne suis pas bien là-bas. S'il vous plaît. Libertad et Angel parviennent à le convaincre. Deux mois, deux mois seulement et tu reviens. Sois courageux, ça sera vite passé. Gonzalo, Mico et moi, on le regarde partir. On voit bien qu'il se retient de pleurer, alors on fait semblant de rire. On a toujours eu une sainte horreur des séparations. Rodrigo, faut qu'il soit là, avec nous. C'est tout. Mais il y a l'asthme à vaincre. À achever. Ça vaut bien deux petits mois.

Deux semaines plus tard, Angel se précipite. Rodrigo a été hospitalisé, personne ne peut lui en dire plus. Il nous racontera plus tard, beaucoup plus tard, comment il a traversé la grande nef claire où huit lits abritent des petits malades inertes, comment il est revenu dire à l'infirmière qu'elle a dû se tromper, son fils n'est pas là. Si. Il est là. Dans les vapes. Méconnaissable. Défiguré. Ses sinus infectés ont gonflé au point que l'œil gauche est sorti de son orbite. Il ne bouge pas. Il a l'air mort. Angel ne laissera jamais rien filtrer des pensées qui lui ont traversé l'esprit à ce moment-là. À l'âge qu'a son fils, il avait tout vu des horreurs que des hommes peuvent infliger à d'autres. Mais a-t-il jamais ressenti ce vide-là, ce vertige face à son enfant dont on ne sait lui expliquer ni de quoi il souffre au juste, ni le traitement qui lui convient.

On rapatrie Rodrigo sur Vieillottes. Libertad prend le relais. Après quelques jours il devient évident pour les médecins, dépassés, que seule la capitale offre les services susceptibles de traiter le malade. Quand ils en parlent devant nous, maman et papa le font de telle manière que nous ne soupçonnerons jamais la gravité de la situation. Une ambulance emmène Rodrigo à Paris, hôpital de la Pitié. Maman est du voyage, loue une chambre dans un petit hôtel, juste en face, rue Poliveau. La rue de M. Janvier, le vilain boucher de *La Traversée de Paris*, interpellé par Gabin dans une diatribe d'anthologie, lui fournira des anecdotes pour nous. Elle passe tout le temps possible au chevet du malade qui dépérit de jour en jour, veines gonflées puis saturées par les goutte-à-goutte qui le relient à la vie. Aucun traitement ne fonctionne. Libertad, désemparée, ira même jusqu'à entrer dans une église pour essayer de prier. Qu'il ne meure pas. Qu'il ne meure pas. S'il vous plaît. Moi, oui, je veux bien mourir, mais pas lui. Pas lui. À quoi bon. Elle n'y croit décidément pas. Si Dieu existait, il ne pourrait avoir cette cruauté. Ça n'a aucun sens.

On opère l'enfant, on lui ouvre le crâne sous anesthésie locale, il est désormais trop faible pour supporter qu'on l'endorme complètement, et risque de ne pas se réveiller. Libertad perd espoir. S'accroche. Ne renonce pas. Un week-end, Angel vient les voir, la trouve tellement fatiguée qu'il prend peur. Elle consent à rentrer se reposer deux jours à Vieillottes. Prend le train. Quand j'entends frapper à la porte, je n'ai pas été prévenue. Harmonia, qui délaisse son mari, son Virgilio, pour nous garder à demeure depuis que maman est à Paris, prépare le dîner. J'ouvre à toute volée, regarde cette femme debout dans l'entrée. Je reconnais le foulard noué autour de son cou, une soie dont j'adore les couleurs et la texture. Cette femme si pâle, si creuse, c'est maman. J'arrive à me ressaisir, à lui sourire. Trop tard. Elle a eu le temps de lire dans mes yeux. Elle arrivera quand même à nous persuader que c'est l'air de Paris qui la fatigue.

Si Libertad se sentait coupable avant, ce qu'elle ressent désormais face à l'enfant mourant dépasse tout. Si seulement elle pouvait remplacer son petit sur son lit, se barder de toute cette tuyauterie, se consumer sous les doses monstrueuses de médicaments qu'on lui transfuse. Elle se rejoue encore et encore la scène du départ de Rodrigo, il y a seulement quelques semaines. Elle se voit lui disant oui, tu restes. Elle se voit défaisant sa valise, l'envoyant se coucher. À la maison. En sécurité. Mais non. Il a fallu qu'elle aille au bout de l'idée, de l'enfer pavé de bonnes intentions. Elle arrive à l'hôpital à la minute même du début des visites. En repart à la dernière, poussée par les infirmières. Elle fixe des rendez-vous avec les professeurs, les spécialistes qui se penchent sur le cas de son fils, remue ciel et terre, prend conscience de leur impuissance. Elle tente de faire manger l'enfant qui maigrit à faire peur. Lui donne la becquée pendant des heures, minuscules morceaux de fromage et de fruits, contente quand il mange une cerise entière… Peu à peu, tout le monde la connaît dans le service, on l'autorise à rester un peu plus longtemps, à grignoter des secondes, un regard supplémentaire, quelques mots, à demain, je reviens… Attends-moi.

Un jour, on l'informe qu'on va tenter un nouveau traitement, celui de la dernière chance, dans un autre hôpital, à l'autre bout de Paris. Elle suit le mouvement, mais ne change pas d'hôtel. Là aussi, on a appris à connaître cette mère dévastée qui ne parle à personne et ne pense qu'à son fils. Les gérants, les femmes de chambre, un jeune couple de Galiciens et les habitués ont tissé autour d'elle un cocon solidaire, l'obligent à dîner, tentent de la distraire. Elle n'imagine pas les quitter. Elle passe des heures dans le bus, peu lui importe. Mais elle est là, au bout du monde, à la minute même du début des visites, et reste jusqu'à la dernière seconde.

Miracle, hasard, allez savoir. Le nouveau traitement fonctionne. Tout doucement au début, puis il apparaît clairement qu'un processus s'est enclenché. Libertad redouble d'attention, de petits cubes de fromage, de bouchées de banane, de jus de fruits. Elle parle à son fils, achète *L'Équipe* et lui lit les résultats de football, de cyclisme. À mesure que le traitement fait son effet, elle ramène son petit à la vie, millimètre par millimètre. Elle lui apporte chaque jour de quoi nourrir, aussi, son avenir, lui fait raconter ses projets. Lui promet que plus jamais, jamais, il ne partira loin. Jamais. Leur éventuelle séparation à venir ne sera que de son fait à lui. Pas à elle.

Cet été-là, le départ à Madrid fut retardé. Rodrigo, maigre, faible, le crâne rasé et couturé de cicatrices fraîches, sortit à temps pour fêter son anniversaire en famille. Accueilli en héros, protégé, couvé, dorloté au point que, inconscients et égoïstes, Gonzalo, Mico et moi, privés de Libertad pendant de longues semaines, finîmes par nous en agacer. Sa faiblesse était pourtant telle que nous avions dû l'aider à souffler ses bougies. On n'a pas idée, à cet âge, que l'irréparable se produit parfois. Il fallut encore de longs mois de patience pour rendre Rodrigo à ses fantaisies habituelles. Nous le sûmes guéri le jour où il émit son intention de provoquer une nouvelle guerre civile en Espagne et, cette fois-ci, de la gagner. Remonté comme une horloge, Pocotilo le champion était de retour. Il n'avait pas dit son dernier mot. Rodrigo va, tous les soirs, accompagner Libertad au seuil du sommeil. Une évidence. À demain. Je reviens.

Comptement de règles

J'y avais cru, à ma victoire contre le rose. Elle n'avait rien d'une victoire à plate couture, puisque, après une valse hésitation de mes tétons, qui tour à tour enflaient puis désenflaient, je devais me rendre à l'évidence : j'avais une ébauche de seins. Pas de quoi prévoir un soutien-gorge, heureusement, même si mon thorax n'offrait plus cette belle absence de relief qui faisait ma joie. Mais je me contentais de cette demi-mesure. Mis à part ces protubérances encore timides, nulle manifestation intempestive d'hormones en goguette n'était venue troubler ma sérénité, et j'entendais Mayo se complaire dans ses descriptions apocalyptiques sans en être autrement affectée. Je me laissais aller, au fil des mois, à prendre mes désirs pour la réalité, à croire en mon étoile. Ou en un raté de la biologie.

J'avais tort. Un jour, patatras, j'ai vu rouge. Dans ma culotte. Ma culotte traîtresse. Ô rage, ô désespoir, ô culotte ennemie. Je la vilipende à qui mieux mieux, mais je me rends bien compte que s'en prendre à un sous-vêtement, simple messager de ma défaite, est une piètre manière d'affronter la fatalité. Je m'en vais annoncer à ma mère que je suis bien la fille de mes parents. Vaincue. Abonnée aux causes perdues. Moi aussi j'ai perdu ma guerre. Non, je ne vais pas l'exprimer de cette manière, ce serait maladroit. Je me contente d'annoncer sobrement que je ne sais pas comment on lave ce genre de tache, écarlate sur coton blanc. Libertad perçoit une réticence autre que purement lingère. On ne peut rien cacher à une mère, surtout quand on porte un panneau « mauvaise perdante » en travers du front. Je laisse éclater ma déception. Je suis furibarde. Elle réagit mollement, me fait un genre de sourire de connivence, en haussant les épaules façon « on n'y peut rien ».

— Ça veut dire que tu es normale, en bonne santé. C'est la nature…

— La nature ? Tu parles.

Si elle devait être jugée pour atteinte aux droits de l'homme, la nature, je ne vois pas comment elle s'en sortirait. Les droits de la femme, n'en parlons pas. Si on ajoute les tremblements de terre, les épidémies et les mouches, on se rend bien compte qu'elle a donné dans l'à-peu-près, la nature. *¡Chapucera !* Bricoleuse.

— Je vais t'expliquer ce que tu dois faire. Ça recommence tous les mois, il faut prévoir, faire attention.

Je sais, je sais tout. On ne peut pas dire que Mayo ait fait preuve de discrétion, ni laissé des zones d'ombre. Maman me tend ce qu'elle appelle un *paño*. Un linge, théoriquement. En fait, c'est un lange. Une couche. Le pompon ! Comme les bébés chieurs et les vieillards incontinents.

— Maman, je ne veux pas mettre ça, c'est ridicule ! Trouve autre chose, c'est pas possible !

— Tu verras, tu vas t'habituer, tu n'y penseras plus.

Se fourbir la culotte avec de la cellulose pendant des lustres et des lustres ? Non, je ne m'habituerai pas. Je ne veux pas m'habituer. Je ne peux pas. Un rapide calcul prouve la non-habituabilité de la chose. Entre le stade lardon souillé et l'âge ancêtre qui s'oublie, une humaine dispose de quelques décennies. Minimum quatre. Chevaucher une couche cinq jours par mois, pendant quarante ans, ça fait deux mille quatre cents jours à s'attifer avec un attirail pour nouveau-né pas encore familiarisé avec le contrôle des sphincters. Six ans et demi ! Et il faudrait que je m'habitue ?

— Mais maman, pourquoi on fait rien contre ça ?

— Que voudrais-tu faire ? C'est parfaitement naturel.

— La rage aussi, c'est naturel. Ça a pas empêché Pasteur d'y aller de son petit vaccin !

— Mais ce n'est pas une maladie !

— C'est pire ! Parce qu'une maladie, tu peux ne pas l'attraper, alors que ça, ça te tombe dessus même quand tu te bats de toutes tes forces !

— Tu te bats de toutes tes forces ? Tu devrais essayer les moulins à vent, c'est bien aussi.

Libertad est hilare, elle se fout de moi. Il en faudrait plus pour me démonter. Je sais que j'ai raison.

— C'est humiliant, maman. Comment elles font, toutes ? Les danseuses, elles se la collent sous le tutu pour pas la perdre entre deux pirouettes ? Et les nageuses, les jours de compétition, c'est que ça doit prendre l'eau ces cochonneries ! Et toutes les autres, pourquoi elles se révoltent pas ?

— Parce qu'on ne se révolte que quand ça en vaut la peine. Autrement on perd son temps.

— Les savants feraient mieux de trouver une solution à ça plutôt que d'inventer la bombe atomique. Plus tard, je ferai fortune et je financerai des recherches. Je supprimerai les règles, les couches et tout le fourbi.

— Si tu veux. En attendant, il va falloir que tu t'y fasses. Tu seras toujours ma petite fille, mais tu es grande, maintenant.

— Je veux pas être grande.

— Tu n'as pas besoin de le crier sur les toits, ce n'est pas écrit sur ta figure. Ça sera notre secret, à toi et moi. N'en fais pas toute une histoire. Il y a d'autres malheurs dans la vie. J'espère que tu n'auras jamais à t'en rendre compte.

Bien sûr, je sais ce qu'elle pense, ou plutôt à qui. Elle pense aux femmes qu'on voit à la télé, aux informations, ou en photo dans les journaux. Les réfugiées. Au Vietnam ou ailleurs. Il y en a toujours quelque part qui fuient les combats, courent sous les bombes, marchent le long des routes, leurs enfants dans les bras et leur vie entière contenue dans des bagages dérisoires. Libertad marque un temps d'arrêt quand ce genre d'images apparaît. Je comprends. N'empêche, j'ai raison aussi. Comment se débrouillent-elles, quand en plus, elles saignent ? Moi qui dors tous les soirs dans le même lit, je mesure ma chance. Pourtant, je sais ce qui m'attend. Être hantée par le débordement qui peut survenir au plus mauvais moment. Obsédée par la tache sur les vêtements qui trahirait mon état. Ne jamais me laisser surprendre, pour ne pas avoir à affronter le regard impavide de l'infirmière notant sur son carnet du jour : « Anne Alcalá, garniture périodique. » Non, pas ça. Jamais. Garniture. Comme une bouchée à la reine. Et puis quoi encore. J'aurais trop honte. Toute ma vie je vais anticiper, surveiller, y penser. Porter des vêtements sombres, prévoir de quoi me changer. Alors sur les routes des défaites, dans les camps où on les parque, quel calvaire ça doit être quand ces couches que j'exècre, elles n'en ont même pas. Elles n'ont rien. Même plus honte. C'est ça, que maman veut dire. Ce sont là affaires de filles. Nous voilà liées, maman et moi, par l'écarlate calamité que je voulais tant éviter. La filiation par le sang, je comprends ce que ça signifie. Partager un secret avec Libertad est ma seule consolation dans ce marasme.

Les rails du tramway

La fois précédente, cinq heures n'avaient pas sonné quand il a été possible de ressortir de l'abri. Aujourd'hui, il est presque six heures et ça explose toujours, très près. Virtudes, Harmonia et Libertad sont fatiguées, ne savent plus comment se mettre, quelle pose adopter pour atténuer l'inconfort. Les garçons dorment au collège, ils ont été acceptés à l'internat depuis quelques jours. Virtudes préférerait les garder auprès d'elle, mais elle s'est rendue aux raisons de sécurité qui limitent les déplacements des deux frères. Elle a posé comme simple condition qu'ils restent ensemble, dans le même dortoir. Harmonia a descendu une petite lampe torche et une broderie en cours. Elle prévoit désormais l'éventualité de ne pas dormir, et tient à s'occuper. Si la plus sereine reste éveillée, c'est qu'au fil des semaines l'angoisse est devenue palpable, matérielle. Finalement, le signal est donné. Elles gravissent les marches vers le petit jour. Virtudes n'a jamais aimé la foule, et encore moins la foule qui a peur.

Des exclamations, des cris qui n'annoncent rien de bon provoquent sur le groupe un peu hébété un effet opposé de nervosité et de ralentissement. Quand elles arrivent enfin en haut des marches, elles ne reconnaissent pas la rue. Les pavés ont disparu. Libertad épouvantée tente de comprendre ce que font ces deux gigantesques serpents jumeaux qui dressent vers le ciel leur courbe immobile et menaçante telles les antennes d'un insecte aux aguets. Elle saisit la main de sa mère. Ce ne sont pas des serpents. Ce sont les rails du tramway, arrachés sur une dizaine de mètres, soufflés, relevés comme s'ils n'avaient pas pesé davantage que les rubans d'un chapeau. L'air chargé de poussière a figé une désolation grise. Les façades éventrées laissent pendre toute une tripaille, un écroulement de poutres, de planches, de fenêtres démantibulées. Gravats, verre cassé, cratères, on ne sait pas où poser les pieds. Ni les yeux. Les deux filles et leur mère se frayent un chemin comme elles peuvent, sur ce qui a été un trottoir, sans se lâcher la main, Libertad au milieu. Elles se soutiennent, sans un mot.

Des gens courent dans tous les sens, ils ont perdu quelqu'un et le cherchent dans le chaos. D'autres hurlent, ils ont trouvé. Se jettent au sol en enlaçant ce qui reste de l'enfant, de la sœur, du père. On emporte des corps sur des civières, ça les secoue, on a mal pour eux, il y a du sang par terre, comme si la ville elle-même saignait. Le visage dissimulé par de la terre, le corps figé dans une position étrange, gît une petite fille. Le choc qui l'a anéantie a déchiré son manteau bleu marine et relevé le satin blanc de ses vêtements de nuit, si bien qu'on voit, entre le nacre de son ventre et ses cuisses de poupée disloquée, sa dérisoire petite fente exposée comme une ultime protestation d'innocence. Libertad se glace. Sa première pensée, absurde, est pour la nudité, la honte. Il faudrait la couvrir, on ne peut pas la laisser ainsi. Puis à quoi bon. À quoi bon. Quel âge a-t-elle ? Deux ans ? Trois ? Non. Quel âge avait-elle. Elle ne grandira pas, elle ne grandira pas. *No crecerá*. Les deux mots lui tournent dans la tête, comme une migraine, alors que ses chevilles se tordent sur les éboulis. Elle ne grandira pas. Qu'elle ait mangé sa soupe avec application et qu'elle ait été bien sage, elle ne grandira pas. Malgré les berceuses chantonnées et les verres de lait tiède, les cheveux brossés pour qu'ils brillent, la pluie de sucre sur la tartine de beurre, les draps remontés sur son sommeil, toute cette ronde d'amour et de patience, ce voyage au long cours à peine entamé, mutilé de sa suite logique. C'est fini pour elle. Qui peut vouloir ça ? Ça fait avancer quelle cause, quelles idées ? Qui se porte mieux d'avoir soufflé sa vie comme une bougie sans importance ? « De chaque enfant mort sort un fusil avec des yeux », chantera plus tard Neruda, et Libertad en pleurera. Comme elle pleurera à chaque vision d'un enfant sacrifié dans la farandole permanente des massacres tous plus inévitables, nécessaires, justifiés les uns que les autres par les assassins qui mènent le monde. Adulte, elle finira par réussir à retenir ses larmes pour nous protéger sans avoir conscience que les petits ont la capacité de voir les larmes de leur mère même quand elles coulent à l'intérieur. Pour l'instant, il n'y a pas de larmes en elle, rien de fluide, elle se sent desséchée telle une mécanique à mettre un pied devant l'autre. Un trou noir l'a aspirée. Elle s'enfuit, ailleurs. Là où tout va bien. Elle va tourner au coin de la rue et rentrer à la maison, se glisser dans la fraîcheur pimpante de son lit, ou boire un chocolat très chaud, ou changer de vêtements, ou écouter la radio, ou arroser les géraniums… Ou grignoter une *rosquilla*, il en reste d'hier soir…

Mais le coin de la rue a changé de place. Il devrait être là, non ? Et la rue a changé de forme. La rue ? Quand il ne reste des maisons que d'un seul côté, ce n'est plus une rue. Il n'y a pas de mot pour ce vide-là, cet espace ouvert sur le néant. Elles avancent, n'entendent plus l'agitation, ne voient plus la poussière, cessent de respirer. Le temps s'est arrêté. Libertad n'a de contact avec la réalité que par la main de maman, à droite, la main d'Harmonia, à gauche, et rien, plus rien, plus rien… Elles s'approchent encore un peu, juste un peu. On ne peut plus avancer, risque d'écroulement, il faut partir, madame, vous voyez bien… Cinq étages, ça ne peut pas être réduit à rien. Si. À rien. Un éboulis enchevêtré de moins d'un mètre de hauteur, qui renferme quelque part, disséminés comme des cendres sur l'océan, les fantômes des aquarelles, des fleurs en pots, des albums de photos illustrés et commentés par la plume habile et affectueuse d'Harmonia, des disques et du pick-up en cerisier, de la machine à coudre et des broderies délicates, des savants collages, des derniers souvenirs du passage sur terre de Francisco Santa Cruz. Et le reste de *rosquillas*.

Immobiles. Vides. Creuses. Attendant que l'air se remette à circuler en elles. Ou le sang. Ou un élan d'énergie. Ce qui reste quand on vient de vous amputer de votre vie. Quand le passé vient de s'anéantir, de ne laisser d'autre trace que le contenu du sac à main de Virtudes et une petite broderie au fond d'une poche. Aucun inventaire ne leur vient à l'esprit. Rien. On leur parle, Virtudes répond comme un automate enclenché sans faire appel à sa volonté. Et tels des robots, elles suivent l'homme qui explique, qui dit, qui sait. Ce qu'elles doivent faire, où elles peuvent aller. Il faut prévenir les garçons. Virtudes doit aller travailler. Libertad s'accroche aux mains qui la relient au monde. Harmonia est la première à parler normalement. Ne t'en fais pas, maman, je m'occupe de tout. Ne t'en fais pas. *No temas.* On est vivantes, c'est déjà beaucoup. Virtudes les serre dans ses bras, tourne les talons, s'éloigne.

Libertad vient de grandir, d'un seul coup. Elle veut ne plus être petite. Elle veut ne plus être le bébé de la famille, à la traîne, prise en charge. Elle serre la main de sa sœur, puis la lâche et lui emboîte le pas. Elle aussi va aider. Elle est bien assez grande. Il ne faut pas se cacher, jamais dans le noir, parce que, après, c'est pire. Il faut marcher au grand jour, il faut se battre. Le monde est plein de monstres qui veulent du mal aux gens. Il ne faut pas se laisser faire. Jamais. Il faut vivre. Les habitants du côté malchanceux de la rue sont regroupés dans un immeuble réquisitionné, on affecte une chambre par famille. On coche un registre pour les Santa Cruz, mère et filles, et les voilà chez elles. Façon de parler. Des collectes permanentes rassemblent les dons. Tout le monde est généreux, tout le monde craint de se retrouver là un jour ou l'autre. Des petits meubles, un lit, un peu de vaisselle et de linge. Puis on leur apporte un lit de camp supplémentaire. Harmonia commence aussitôt à s'organiser, elle doit se procurer mille choses. Elle demande à sa sœur de rester là, de ne sortir sous aucun prétexte, sauf en cas de nouvelle alerte. Libertad l'accompagnerait bien, mais elle est assez grande pour comprendre qu'Harmonia doit avoir ses raisons, qu'elle ira plus vite sans personne dans les jambes, qu'elle a besoin, peut-être, d'un peu de solitude, elle qui ne sait montrer d'émotion que par le sourire. Libertad promet de ne pas bouger. Sa sœur partie, elle déambule dans les couloirs comme dans une rue dont les chambres seraient les maisons. Elle jette un regard au passage, comme pour saluer des voisins en allant à l'école. Mais c'est un drôle de quartier. Un quartier de peine incommensurable. *Pena, penita, pena*, comme dit la chanson. Des bébés pleurent. Pas seulement des bébés. Des femmes effondrées sanglotent. Se tordent les mains. Se bercent au rythme de leurs gémissements. Peut-être est-ce la maman de la petite de tout à l'heure, les yeux grands ouverts sur le vide, qui tape sa tête contre le mur comme si elle ne sentait rien, comme si elle n'entendait que le rythme du petit refrain, *no crecerá, no crecerá*... Libertad pense à sa chance. Elle a perdu toutes ses affaires, mais seulement des affaires. D'autres ont perdu de la famille. Les corps de ceux qui n'ont pas eu le temps d'arriver jusqu'aux abris et qu'on ramasse dans la rue comme des pantins laissent derrière eux une masse effrayante de douleur, un magma palpable qui imprègne tout, alourdit l'air, fait monter des larmes qui ne veulent pas sortir, qui gonflent la gorge d'un intolérable torrent prisonnier. Le malheur n'est pas une idée. C'est un objet matériel, physique, qui écrase et qui pèse. Libertad retourne dans la chambre, ferme la porte, ouvre la fenêtre pour avoir un peu d'air, pour vérifier si on peut fuir en cas de besoin. Inspecte chaque millimètre des murs, du sol, sous le lit, essaie de se convaincre que cet endroit étranger est désormais sa maison et qu'elle n'en a pas d'autre. Elle pense à ce qu'elle aurait pu emporter dans ses poches, cette nuit, si seulement elle avait imaginé la suite des événements. Le médaillon avec le portrait de son père et une mèche de ses cheveux, sa poupée de chiffon, son carnet et son crayon, son petit album de photos. Si elle avait su. Elle s'assied sur le lit et attend dans le vide. Sans bouger. Il faut tout reprendre de zéro. Elle s'entraîne à respirer. Puis commence lentement l'inventaire de ses poches. Tout ce qui lui reste. Un mouchoir, un bouton, une clé, un caillou, un ruban, une épingle à cheveux. Tout ce qui lui reste.

Quand elle revient en fin d'après-midi, Harmonia est passée donner et prendre des nouvelles des garçons, qui vont bien, a fait la queue un peu partout, rendu visite à sa mère et récupéré un peu de savon, de dentifrice, quelques serviettes de l'hôtel. Un peu de monnaie, aussi. Elle trouve sa sœur prostrée. S'agenouille devant elle. Viens, on va chercher maman et on ira manger quelque part, tu veux ? Toutes les trois ! Allez, viens ! Libertad regarde sa sœur, lui sourit. Un peu calamiteux comme tentative, à la limite de la grimace, mais ça va aller. Elle se lève pour la suivre. Se fige. Ça bouge. Ça tombe. Ça coule. Là, en elle.

— Harmonia !

Harmonia revient, alarmée par l'angoisse dans la voix de sa sœur. Voit celle-ci relever sa jupe et se pencher pour regarder sa cuisse. Comprend immédiatement. Il ne manquait plus que ça.

— Oh, Libertad ! Ça y est ! Tu es grande maintenant ! *Toda una señorita !* Viens !

Elle saisit les objets de toilette qu'elle a rapportés, prend sa cadette par la main et l'entraîne dans la rue couloir, vers la maison salle de bains. Libertad suit, ne sait plus marcher, n'ose pas avancer normalement, comme si ses jambes étaient en bois et ne lui appartenaient plus. Harmonia se retourne et éclate de rire.

— Ça fait pas tomber les genoux, tu peux y aller !

Elles s'enferment. Harmonia lui explique ce qu'elle doit savoir et comment elle doit s'y prendre. Pas compliqué. Libertad comprend, s'exécute. Et au moment de sortir, finalement, lâche la bonde. S'écroule en larmes. Pleure, pleure, à gros bouillons, libère la tension, l'angoisse, la peur, un flot accumulé depuis des heures, des jours, des semaines. Harmonia la relève, la serre dans *ses* bras, la berce, entre baignoire et lavabo.

— Ne pleure pas, ce n'est rien, ça va aller…

Libertad sanglote à fendre l'âme. Parvient à articuler quelques mots.

— Comme s'il n'y avait pas assez de sang comme ça !

— Ne pleure pas, *no llores*. Ce n'est pas le même sang, tu sais. Ce n'est pas le sang de la mort. Ce sang-là, c'est celui de la vie. Il n'y a rien de plus beau. Tu comprends, *cariño mío* ? C'est le sang de maman, c'est le mien, c'est le tien maintenant. C'est notre héritage, notre fierté. Notre secret. Il ne fait pas mourir, il donne la vie. *No llores*. À partir d'aujourd'hui, tu es des nôtres. Tu es une femme. Viens, on va voir maman.

Elle lui sèche les larmes, l'entraîne dehors.

Les deux sœurs retrouvent Virtudes. Lui apprennent la nouvelle. Le bébé de la famille est une grande ! Quelle histoire, on peut dire que tu as choisi ton jour. Un effet du choc, peut-être. Elle enlace sa fille, lui dit qu'elle est fière d'avoir une petite femme de plus à la maison. Maison ? Elles s'esclaffent et Libertad s'émerveille de ce rire aussi incongru qu'un coquelicot au fond d'une mine. Elles descendent vers la Plaza Mayor. Virtudes veut célébrer l'événement avec ses filles. Rien n'arrêtera le printemps. Elle va les emmener dans une cafétéria, ou une taverne, ou un *chiringuito*, peu importe. Elles trouveront bien, au hasard. Elles avancent toutes les trois, le long des sacs de sable de protection, sur le trottoir miraculeusement intact, les salopards n'ont pas encore tout dévasté. Libertad, au milieu, ne leur tient pas la main. Elle a glissé son bras sous le leur, entrecroisé leurs doigts. Elle se sent à la hauteur, maintenant. À égalité. Elle va pouvoir aider, se rendre utile. Tant qu'elles sont ensemble, elles s'en sortiront. La tête haute. Fières. *Rojas*. Rouges. Au plus profond, et pour toujours. Elles croisent des passants qui baguenaudent, certains se saluent d'un poing levé. La banderole NO PASARÁN qui hier barrait la rue et que la nuit d'épouvante a arrachée a été suspendue de nouveau. *Nada pueden bombas donde sobra corazón ¡Ay Carmela !* Rien ne semble pouvoir atteindre le moral des Madrilènes, leur bonne humeur, leur foi en la victoire, en l'avenir.

FOIE DE CRISE

C'est arrivé un soir où Libertad et moi on regardait la télé. Les autres étaient tous partis se coucher. Angel n'était pas rentré du club d'échecs. Ce que j'aime, avec Libertad, c'est regarder ensemble dans la même direction, comme disait l'autre, l'aviateur qui dessinait des moutons, sauf qu'on n'a pas d'avion et que regarder ensemble dans la même direction n'est pas une occupation pour une mère de famille nombreuse. Alors je regarde la télé avec elle, ça revient au même. Rien qu'elle et moi, dans le noir, on suit les dramatiques. Angel ironise, prétend que pour être dramatique, c'est dramatique. Tout ce qui ne relève pas directement de la juste lutte des classes prolétarienne et bolchevique lui file des boutons d'urticaire et des crises d'anathème. Pas pour lui, la télé. Pas son rayon, le romanesque. Mais moi, j'aime ça, et avec Libertad, on est bien. Le programme, je m'en fiche un peu. J'aime être avec elle, l'avoir pour moi toute seule. Pas besoin de parler. Ce soir, ils passent *Une vie* de Maupassant, adaptation télé. Je suis distraitement. Je profite de la présence muette et concentrée de ma mère, assise bien droite, pas le genre décontracté, elle ne s'est jamais départie d'un petit mépris pour la mollesse des fauteuils. Elle irradie calmement de ces ondes maternelles qui rassurent les enfants, même grands. Ça me fait du bien. La journée a été rude. Je me demande ce qui m'arrive. Pour une fois qu'elle se repose, je ne veux pas embêter Libertad avec mes angoisses pubères. Je suis une jeune fille depuis trois mois. La bonne blague. Je savais bien que ça n'allait pas me plaire. En plus, il se révèle que je suis une irrégulière de la règle. La tuyauterie demoiselle se déclenche quand elle veut. Je devrais en être à quatre, mais c'est seulement la troisième fois que, comme on dit, les Anglais débarquent. Sauf que là, c'est du sérieux. Pas des Anglais, au moins des Américains, version juin 1944. Les grands moyens. Depuis hier, je suis obligée de changer toutes les deux heures de couches super-hyper-plus anti-inondation, force dix mille sur l'échelle des emmerdes… Mes mystérieux organes la jouent écarlate Niagara, ils n'ont pas l'air au point, en échauffement ou en rodage. Je ne sais pas trop ce qui est normal ou non… Si ça, c'est normal, je n'ai pas fini de rire… Rentrer à pied du collège m'a donné une idée du calvaire d'un bœuf tué façon cachère… C'était comme chevaucher une éponge tiède et saturée. À force de frotter humide en marchant, j'ai l'intérieur des cuisses à vif, j'aurais bien mis un pied sur chaque trottoir, mais je me suis retenue, de peur de me faire remarquer… Chaque pas m'écorchait un peu plus. Je hais le monde entier. Est-ce que ça n'arrive qu'à moi, ou est-ce que c'est normal ? Et si c'est normal, comment font-elles, les autres, pour le supporter ? Suis-je particulièrement douillette ? En maths, la prof m'a envoyée au tableau, et tout le temps de l'interrogation, je sentais couler, et j'avais peur que ça se voie, qu'il en tombe par terre, une rigole qui me dénoncerait… Ça n'avait rien de drôle. Cette histoire d'hémoglobine m'a déplu d'entrée, mais là ça dépasse les bornes. Je baigne dans une humidité abjecte. Torture cramoisie. Je me demande si je ne commence pas à détester le rouge qui, si on y regarde de plus près, ne nous vaut que des ennuis. Voilà que la marée de lune qui m'accable a l'incarnat d'une banderole syndicale. Finalement, ne vaut-il pas mieux se méfier de cette couleur ? Que ne suis-je restée une enfant au lieu de devenir capable d'en avoir ! Hélas, mon corps m'a trahie, n'a tenu aucun compte de moi, m'a ignorée.

J'en suis là de mes sombres pensées quand une vie s'achève. Celle de Maupassant, du moins celle de son héroïne, à qui, si j'ai bien suivi, le fait d'être une femme a coûté très cher. Libertad se lève pour éteindre le poste. Je me lève aussi. Et c'est là que tout arrive. Avant que le mouvement de Libertad n'ait atteint son but. Une explosion, dans moi, sous moi, hors de moi. Je reste coite. Une masse sort de moi, si violemment qu'il y a du sang par terre, tout autour de moi, plein le parquet. Ma jupe a fait abat-jour, le magma a éclaté au contact de mes vêtements, s'est brisé au sol en mille éclats de gélatine sombre. Je me sens énorme et vide, boursouflée et nauséeuse. Un étau de panique au cœur, je tremblote un *¡Mamá !* à peine articulé. *¡Mamá !* Libertad s'approche, me voit dans le halo bleu de l'écran. Paralysée de terreur, les pieds figés dans une mare de sang, je vaux le coup d'œil. L'image même de la féminité triomphante.

J'arracherais des larmes à un dictateur bouffi de testostérone. Libertad réagit aussitôt, dit très vite :

— Ce n'est rien, je vais chercher le docteur Beaux.

C'est le moment que choisit Angel pour entrer. Je ne sais pas sur quelle muette injonction de Libertad il ressort sans un mot, comme s'il avait une fusée au train. Je ne veux pas qu'Angel sache ce qui m'arrive. Je ne veux pas. Je veux qu'il me croie petite. Propre. Libertad me demande si je peux marcher. Le sang me coule le long des jambes, en courants presque noirs, mes chaussettes s'imbibent. Robinet, cascade, déluge. Sans un mot, Libertad me déshabille. Elle fait la calme, ne veut pas m'effrayer. Je connais cette tête, elle a la même quand Rodrigo est terrassé par une crise d'asthme et qu'il étouffe. Voilà que ça recommence. J'expulse un énorme morceau de cette étrange gélatine, qui me tombe entre les pieds. Je pense bêtement que ça va faire une tache. Mais qu'est-ce que c'est que cette denrée qui sort de moi ? On dirait du flan. On dirait du foie ! C'est mon foie que je viens de perdre ! On ne peut pas vivre sans foie ! Je vais mourir ! En moins de temps qu'il n'en faut pour le dire, Libertad me lave, me met dans son lit, le grand lit de mes parents, avec entre les jambes un drap de bain, carrément, les grands moyens, nettoie par terre et, je ne peux pas le croire, jette mon foie dans les toilettes !

— Ce n'est rien, répète-t-elle, comme pour se convaincre, mais on ne trompe pas sa propre fille avec un sourire aussi pauvre.

Elle n'a pas pris la peine de rallumer la lumière, ce qui confirme le lugubre de mes appréhensions. Elle prépare une veillée funèbre. Je vais mourir ! À douze ans ! D'une chute du foie ! Je trouve ça plus que prématuré. Est-ce que je vais aussi éjecter mon estomac, ma rate, ma vésicule et mes poumons ? Mourir par petits bouts, jusqu'à extinction de mes organes en stock ? Comment ils vont s'y prendre, pour l'enterrement ? Par épisodes ? Ou vont-ils se servir de petits bouts de moi pour faire des greffes, comme Barnard au Cap, qui greffe des cœurs de Noirs sur des Blancs, ou le contraire, tous les cœurs sont rouges même au pays des racistes. Et moi, on me greffera sur qui ? Je ne le saurai pas, peut-être sur des détestables, que j'aurais haïs de mon vivant. Je m'égare, ça doit être le début de l'agonie. Je commence à comprendre les religions, à quoi ça sert. Si je croyais en Dieu, je lui recommanderais mon âme immortelle et je me sentirais un peu moins mal. Une âme, ça n'a pas besoin de foie. J'en suis à considérer l'opportunité de croire à ce genre de sornettes quand apparaît le docteur Beaux. Angel demeure invisible, et ça me soulage. Peut-être qu'il ne sait pas ce qui m'arrive. Tant mieux. Le docteur Beaux ! Si on était catholiques, sûr que le curé serait déjà là à me secouer des clochettes au-dessus de la tête, histoire de rameuter les anges qui me conduiront droit au paradis, et les enfants de chœur se farfouilleraient le nez en attendant de retrouver leurs copains. Mais nous, on est athées. On appelle un médecin, qui voulez-vous qu'on appelle d'autre ? On est matérialistes. À l'article de la mort, on ne peut appeler qu'un réparateur de carcasse. La carcasse, c'est la vie. On essaye de rafistoler jusqu'au bout, parce que, après, y a plus rien. Le bout de la nuit. La fin des haricots. La fête aux asticots. Dieu n'existe pas, on est bien d'accord. Mais qu'est-ce qu'il doit être pratique. Mourir à mon âge, ticket direct pour le paradis. Faut être un peu con pour y croire, mais suis-je en position de faire la fine bouche ? Il est des situations où il faut savoir ranger son QI dans sa poche et son mouchoir par-dessus. Pour l'heure, le docteur Beaux est venu me regarder mourir. Beaux, le bien nommé. Il est vraiment beau. Et il sent si bon ! Un vrai plaisir, d'être malade. Bougon, à part ça. Il n'aime pas quand on va mal, apparemment, ce n'est pas un homme d'affaires, comme dit papa. D'habitude, il arrive, s'assoit en grommelant, qu'est-ce qu'ils ont encore vos enfants, madame Alcalá ? Et c'est un nuage de fraîcheur qui entre dans la chambre où une température de bain turc fait partie de l'arsenal thérapeutique de Libertad, qui tient le malencontreux climat de Vieillottes pour globalement responsable de tous les bobos familiaux. Le docteur sent le frais de la rue, il sent l'homme raffiné, on a envie d'embrasser son cou, ça doit être délicieux… Quand il vient pour moi, il me fait la bise et je suis contente d'avoir la grippe. Ce soir, je vais mourir. Je m'en fous qu'il m'embrasse. Il n'a pas l'air content. Peut-être parce qu'il est presque onze heures du soir. Les médecins sont comme tout le monde, ils aiment bien dormir. Il chuchote à ma mère des mots que je n'entends pas. Je pense à mon enterrement, à la tête qu'ils vont faire, tous, quand ils apprendront la nouvelle de la mort prématurée d'Anne Alcalá qui devait changer la face du monde pour peu que son foie ait accepté de lui tenir compagnie plus longtemps. Mme Roussel. La directrice. Les vieilles surveillantes desséchées qui jamais ne sourient. Et les Keski, toutes ces filles de leur père qui furent mes condisciples. Elles vont regretter leurs grands airs. Et leur mépris. Le docteur Beaux, dans son halo de lavande et de compétence, se penche vers moi.

— Ce n'est rien, tu as juste perdu quelques caillots de sang, ce n'est rien du tout…

Tout en parlant, il me retourne doucement contre le mur. Je me recroqueville, comme ces fœtus qu'on prend en photo dans le ventre de leur mère, sauf que moi c'est dans son lit que je suis, et c'est mon propre sang qui m'environne.

— C'est pas mon foie ? agonisé-je, à peine audible.

Du coup, ça le met d'excellente humeur. Il se marre franchement. C'est vexant. Je voudrais bien l'y voir, lui.

— Si un jour tu perds ton foie par là, je ferai des conférences sur toi, je te montrerai dans les cirques, on gagnera de l'argent, toi et moi…

Ah. Il est de super bon poil, le toubib. Il s'amuse. Pas moi. Pas du tout. Il ne me prend pas au sérieux.

— Je te rassure, ce ne sont que des caillots, même gros, ça ne peut pas être dangereux.

Je ne réagis pas. Je me sens mi-rassurée, mi-offensée.

— Tu sais, ça t'arrive parce que maintenant tu es une jeune fille. Grâce à ça, un jour, tu pourras avoir un bébé !

On peut dire qu'il tape dans le mille, Diafoirus. Il sait trouver les mots qu'il faut. Je siffle entre mes dents :

— Je déteste être une jeune fille ! Et je déteste les garçons ! Il leur arrive jamais rien d'embêtant ! C'est pas juste !

Le bon docteur sombre dans la gaieté la plus exaspérante.

— Tu verras, un jour, tu les aimeras, les garçons. Tu sais, eux aussi ils ont un tas d'ennuis, le service militaire, c'est pas marrant non plus.

Le service militaire ! Le sang pour avoir un bébé ! Virez-le, le disciple d'Hippocrate, ou je fais un malheur ! Qu'est-ce que j'en ai à faire des enfants que si ça se trouve j'aurai jamais ! Qu'est-ce qu'il veut que ça me fiche, j'ai douze ans et mon ventre vient de me jouer un tour de cochon, et par surprise encore ! Le traître ! Les enfants que je suis censée faire dans quinze ans et le service militaire que je ferai jamais, je m'en balance ! Je m'en contrebalance ! Je hais les garçons, les hommes, les bonshommes, avec leur ventre tout sec tout plein de boyaux à boustifaille ! Je veux qu'ils en bavent autant que nous ! Je veux les haïr toujours ! Moi j'avais rien demandé, j'en ai jamais voulu, d'un ventre à tiroir, piège sanguinolent qui fait mal et qui fait peur ! Petite fille je veux rester, petite fille pour toujours ! Je hurle. Ça reste à l'intérieur de moi. Ça ne regarde personne.

Mais le docteur n'a pas fini. Tout en parlant, il a enfilé sur sa main un genre de gant en caoutchouc, et son doigt, il s'en est servi sur moi, dans moi, comme d'un thermomètre. Je me suis renseignée depuis. Toucher rectal, ça s'appelle. Paraît que sur une fille vierge c'est mieux, faudrait pas abîmer la marchandise. Les toubibs s'y connaissent en trucs bizarres. Moi, je ne connaissais pas. J'en reste suffoquée. Je ne peux pas le croire. Pourquoi il fait ça ? Qu'est-ce qui lui prend ? Il trouve pas que j'ai assez d'ennuis comme ça ? C'est privé, un cul ! Qu'il aille mettre ses sales pattes ailleurs ! Est-ce que je l'ai vu, moi, le sien ? Est-ce que j'irais mettre les doigts dans ses affaires ? Vieux dégoûtant ! Je suis indignée, profanée, outragée. J'ai une affreuse envie de pleurer. Mais surtout, surtout, je ne veux pas qu'il me voie. Heureusement qu'il est dans mon dos, ça m'évite de croiser son regard. Toute la honte du monde me remonte par les yeux. J'enfonce ma figure dans l'oreiller. Si je pouvais, je m'incrusterais dans le matelas pour ne plus jamais me montrer. Je m'étoufferais comme les enragés du Moyen Âge. J'entends ma mère qui remercie le médecin d'être venu. Elle a vu ce qu'il m'a infligé, elle ne lui a pas flanqué la gifle qu'il mérite, et voilà qu'elle lui fait des politesses ! Des salamalecs à n'en plus finir ! Sûr qu'il en irait tout autrement s'il lui avait introduit à elle un médius caoutchouté. Elle lui aurait retourné une mandale à assommer un bovidé ! Je veux qu'il s'en aille, le *matasanos*. Mais elle continue à lui tourner des amabilités, gna-gna-gna, merci docteur d'être accouru si vite. Qu'il parte une fois pour toutes, le Knock de l'arrière-train ! Qu'il s'en aille ! Que jamais plus il ne revienne ! Adieu ! Je veux mourir. Maintenant. Foie ou pas. Enfants ou pas. Service militaire ou pas. Mourir pour de bon. Je hais le docteur Beaux. Qu'il crève. Je hais mes organes tout neufs. Je veux qu'ils tombent. Je veux les perdre. Qu'ils se dessèchent. Qu'on me les arrache. Qu'ils disparaissent. Je pleure, je pleure, à gros sanglots, à gros bouillons... Si ça continue, je vais être obligée de me garnir aussi les yeux.

J'ai dit à Maman que je ne voulais plus jamais revoir le docteur Beaux. Elle a compris. On a changé de médecin de famille. Son parfum, c'était « Pour un homme », de Caron. La mémoire est facétieuse. Chaque fois que je le sens, je pense à la chaleur des garçons. Jamais aux foies vagabonds.

Steve Jobs

Même ralenti par les années, Angel donne toujours le sentiment de passer en coup de vent. Nez en l'air, cheveux aux épaules, il rend visite à Libertad, tous les jours. À son âge, les autres ont un déambulateur, à tout le moins une canne. Très peu pour lui. Il ne s'accroche qu'à son journal, vissé sous le bras « *El Pais, de la transición democrática, ele !* » précise-t-il. Il va l'acheter tous les jours, tient à se déplacer, méprise la mollesse de l'abonné. Tous les kiosques ne proposent pas la presse internationale, le plus proche se trouve à deux stations, il fait l'aller-retour le matin après son café au lait sucré et sa première cigarette. Aujourd'hui, pour équilibrer, il a aussi un parapluie. Et porte la parka rouge que Rodrigo lui a offerte, qui lui donne un air branché. Il aime le rouge. Il n'aime pas les habits de vieux. Il n'aime pas les vieux. Il m'annonce, si normal en espagnol et si exotique dès qu'il passe au français :

— J'ai vu un film très drôle à la télé hier soir, *Lé pére Noël, il é oune salo.*

Je me marre. Comment fait-il pour garder intacts son enthousiasme, sa spontanéité ? Peut-être que, quand on a fini de grandir sous les bombes, on fixe les idées qui ont permis de survivre. La foi en un monde meilleur, en un après, qui viendra un jour, forcément. On reste un éternel adolescent quand la guerre a brutalement interrompu ce processus de croissance invisible qui s'adapte à la réalité et à son cortège de désillusions, de pragmatisme, de cynisme. L'esprit prend alors définitivement ces chemins de traverse qui se soucient peu de mener vers le raisonnable, qui préfèrent scintiller dans l'utopie et les lendemains qui chantent.

Libertad n'est pas dans sa chambre, je pars à sa recherche, la trouve dans l'escalier. Elle descend seule, sans aide. Attendrissante avec sa tunique trapèze en laine et soie, ses leggings marron. Elle revient, comme toutes les semaines, de chez la coiffeuse qui tient salon au deuxième. Elle n'a jamais laissé un cheveu blanc lui rappeler le temps qui passe, et veille à teindre ses racines avec une telle régularité que personne, pas même elle, ne sait exactement la proportion poivre ou sel de ce qu'elle dissimule. Une motivation qui dépasse la simple coquetterie explique son assiduité. Angel affiche un dynamisme capillaire confondant, à faire pâlir un trentenaire clairsemé. Non seulement ses cheveux ne sont jamais tombés, mais ils sont restés insolemment bruns jusqu'à très récemment. Il commence seulement à blanchir de la tempe. Il en tire une fierté démonstrative, s'est laissé pousser jusqu'aux épaules une crinière de chef indien qui fait verdir de jalousie ses compagnons d'échecs et pousse Libertad vers les fioles des coloristes. Elle a beau lui dire que ses mèches lui donnent une dégaine de marchand de poulets, elle veille au grain et surveille ses racines. Il ferait beau voir qu'elle se laisse distancer sur les chemins de la juvénilité par son courant d'air de mari.

Nous retournons vers la chambre où Angel l'attend. Elle se pend à mon bras, fait prudemment des sourires à tout le monde. Elle a souvent l'air un peu larguée, *despistada*, comme elle dit. Hors piste. Ne perd pas une occasion d'inspecter les recoins, de vérifier derrière les portes et de jeter un œil furtif sous le lit médicalisé, dont les dessous de tubulures enchevêtrées ne lui disent rien qui vaille. Elle me redemande si tout est bien sécurisé. Oui, maman, j'ai vérifié. Elle a toujours l'air d'un prisonnier planifiant une évasion. Nous l'avons mise en lieu sûr comme un trésor de guerre, avons écrit sur les murs blancs de sa chambre une histoire en couleurs vives, guirlande lumineuse, couette légère et coussins douillets, dessins d'enfants et photos de famille. Mais elle se méfie, ne veut pas que la vie lui rejoue un tour familier, referme sur elle une nouvelle boucle d'isolement, d'exil. Après tant d'autres. Comme un signe auquel elle n'échappe pas. Et à qui elle oppose ses si vieux, si anciens réflexes de résistance. Partir, ailleurs. S'envoler. Ne pas céder un pouce de terrain, jamais.

Les vieilles personnes ne perdent pas la tête. Elles anticipent. S'installent à pas menus dans un monde où le temps n'a pas d'importance. Elles ne perdent pas la mémoire, elles la jettent aux orties. Les souvenirs sont bagage inutile quand on voyage au pays d'anachronie avec ceux qui restent et tous ceux qui ont disparu. Les précipités, les urgents, les efficaces qui vrombissent et tourbillonnent n'ont que répulsion pour ce peuple de contemplation et de lenteur qui les mit pourtant au monde et veilla sur leur fragilité première. Pourtant, les surdoués du millésime, les plus jeunes et les plus vigoureux, casseraient leurs dents encore pointues et leur moral de vainqueur sur le challenge qu'affrontent chaque jour ceux qu'ils voient comme une coûteuse nuisance, un troupeau d'inutiles. Épreuve ultime de la disparition progressive de tout ce qu'on a connu depuis toujours, parents, paysages, amis, voisins, cheveux, rues, muscles, artistes, dents, présidents… Précision, acuité, équilibre, tout se fait la malle sur quoi on s'appuyait pour tenir debout. Évidemment qu'on prend une canne, on voudrait bien vous y voir. Mais on prend aussi la poudre d'escampette vers un ailleurs sans passé, ni présent, ni futur. Ils reculeraient les blancs-becs, n'auraient pas la force ni l'opiniâtreté de ceux à qui le temps a presque tout volé, qui s'en débrouillent avec les moyens du bord et une dignité qui serre le cœur.

De quoi héritons-nous le jour où nous venons au monde, de quoi sont imprégnées les cellules qui nous constituèrent au moment précis de notre conception ? Quels sont les joies, les angoisses, les plaisirs qui lient les tribulations de ma mère, ses moulins de Quijote, son irréductible fierté et son sens de la justice, aux épopées de mon père, avec son inoxydable foi en l'humain, illusoire et démodée ? Les années ont passé sur leurs révoltes sans affecter en rien leur capacité d'indignation. Ni leur rivalité. Elle n'a jamais été communiste, elle peut lui jeter à la figure les stalineries qu'il a supportées, même en faisant la grimace, jusqu'au largage définitif, en 1956.

— Il t'en a fallu, du temps, pour tomber du cocotier ! ricane-t-elle.

Elle lui assène le Kremlin ? Il lui rétorque le Vatican. Il se targue de n'avoir jamais approché une église, ses parents étaient athées, alors que maman a subi, certes à son corps défendant, mais on n'en sort pas indemne, un strict dressage catholique.

— Tu étais bourrée de préjugés, une vraie sainte-nitouche !

— Peut-être, mais j'en ai pris conscience toute seule, il ne m'a pas fallu des tanks écrasant le peuple dans les rues de Budapest !

Ils se mesurent du regard, n'en auront jamais fini de se défier. Ils ont davantage mené leur vie côte à côte que les yeux dans les yeux. Je les mets d'accord, je connais leurs faiblesses communes. J'ai dans la poche de quoi les distraire de leur bisbille perpétuelle. Une machine à remonter le temps. Un iPhone. Je pars sur YouTube à la recherche de leur passé. Et je le trouve. Je fais apparaître, surgie du fin fond de leur enfance, sur l'écran minuscule, Imperio Argentina. Pure magie.

Je sais que maman va réagir, mais pour papa, rien n'est moins sûr. Si ! Il reconnaît l'artiste :

— ¡Celia Gamez !

Maman a un geste de dénégation impuissante :

— Le problème avec toi, c'est que tu ne ferais pas la différence entre un œuf et une châtaigne…

Ils repartiraient bien pour une petite chamaillerie, mais les premières notes de « *Échale guindas al pavo* » les clouent sur place. Hypnotisés. Venues d'un autre monde, non pas oublié mais archivé, depuis des décennies, avec les disparus, avec d'autres paysages, d'autres atmosphères. Depuis combien de temps n'ont-ils pas entendu cette chanson idiote ? Pour mieux voir, ils rapprochent leurs visages à se toucher, et j'y vois apparaître une expression émerveillée, enfantine. Leur figure d'antan, leur figure d'enfant. Je les regarde et ça vaut tous les écrans géants THX avec Dolby Surround du monde. À cet instant précis, ont-ils dix ans ? Douze ? Où étaient-ils, que faisaient-ils, la dernière fois qu'ils ont chantonné ce refrain d'avant-guerre ? Ils le connaissent par cœur, tous les deux. Maman reproduit les mimiques de l'actrice, les anticipe. Elle sait tout de ce clip des années trente, il est resté gravé en elle. Papa suit, il chante aussi. Moment de grâce. Merci la technologie. *Échale guindas al pavo*, « donne des cerises au dindon, et moi je donnerai à la dinde du sucre, de la cannelle et des clous de girofle »… Et moi je ne donnerais ma place pour rien au monde. Je fonds de reconnaissance envers Steve Jobs…

COGNACOTHÉRAPIE

Maman tient parole. Notre secret fonctionne. Les mois se suivent et ne se ressemblent guère. Je ne fais pas partie des filles-horloges de vingt-huit jours, qui se plaisent à souligner leur régularité de papier à musique. Mon cycle brinquebale dans l'approximatif, ça me tombe dessus sans crier gare, au petit malheur. Une seule certitude dans cette anarchie me permet de baliser le terrain : la première journée, à quelque moment qu'elle advienne, donne dans l'accablant. Pliée en deux par la douleur, je peux à peine marcher. Maman me garde à la maison, sans jamais renseigner quiconque sur la nature de mon mal. Elle respecte notre pacte. Techniquement, je suis une femme, mais un jour par mois, au fond de mon lit, je suis son bébé et rien ne pourrait me consoler davantage. Terrassée par des crampes qu'aucun médicament ne soulage, je me ratatine sous les couvertures, ne mange rien de la journée. Maman tente des infusions, de décoctions, des douceurs. Rien n'y fait. Elle sait que demain matin ça ira mieux, qu'elle me fera un mot d'excuse sans précisions, suivant mon souci de totale clandestinité dans cette sombre affaire, et la normalité reprendra son cours jusqu'à la prochaine fois. Moi qui ne manquais jamais l'école, je tire au flan à cause de cette fichue mécanique.

Un jour où, à moitié groggy, je laisse échapper un gémissement, maman, n'y tenant plus, prend une décision qui trahit tous ses principes. Elle sort une bouteille de cognac, en emplit un verre lilliputien, mais de capacité respectable si l'on considère que je n'ai, de ma vie, goûté à une boisson alcoolisée. Pas même une goutte. Mes parents restent intraitables, inflexibles sur cette question. Jusqu'à ce jour où Libertad décide qu'en cas de nécessité il faut savoir s'adapter. À la guerre comme à la guerre. Elle me tend le breuvage interdit :

— Avale-le d'un coup, sans hésiter.

Éberluée, j'hésite. Elle m'encourage. Je m'exécute. Une trainée de poudre prend feu en moi et m'explose dans le ventre, telle une charge de dynamite à la figure du Vil coyote persécuté par Bip-Bip. Je brûle à l'intérieur. Surprise, j'éclate d'une hilarité incongrue. Libertad aussi, ravie de constater qu'au moins, j'ai le vin gai. Puis elle m'apporte une verveine brûlante noyée de miel. Je commence à la boire, pour éteindre l'incendie, à toutes petites gorgées. Maman, attentive, scrute le moindre signe d'amélioration de mon état. Je lui compose un demi-sourire plein de bonne volonté. J'ai très chaud. Soulagée, elle se sert un petit remontant.

— *¡Salud, hija mía !*

Je lève ma tisane.

— *¡Salud !*

Elle s'esclaffe.

— Ça nous fait un secret de plus !

Je glousse. Effets conjugués de la douleur qui s'atténue pour moi, de la transgression d'un principe premier pour elle, et du cognac pour les deux, la séance de garde-malade dégénère en fou rire. On se gondole. On en pleure. Je manque renverser mon bol, maman le rattrape au vol, et c'est reparti pour un tour. On se calme, petit à petit. Une torpeur inconnue s'empare de moi. J'ai à peine fini la tisane que je m'endors du lourd sommeil de l'alcoolique, jusqu'au soir. À mon réveil, je me sens beaucoup mieux. Le bon docteur Libertad est satisfaite de sa thérapie. Sa fille, ivre morte, a retrouvé le sourire.

On ne change pas un traitement qui fonctionne. Maman continuera à appliquer la méthode dès que nécessaire. Il m'en restera, contrairement à « Pour un homme » et ses troublantes évocations, une association d'idées qui me maintiendra longtemps éloignée des sortilèges de l'alcool. À humer les effluves d'un cognac, même le plus subtil des XO Grande Champagne vieilli en fût de chêne et tout le tralala, je ne peux réprimer un haut-le-cœur. Madeleine en négatif.

À L'ENCRE ROUGE

Décembre pleure sur la grisaille persistante qui annonce les fêtes. Je regarde mes parents. Ils sont si loin de chez eux, si loin du vrai soleil. Du bord de mer où naquit mon père par un hiver sans gel. Du *pueblo blanco* où ma mère vit le jour au plus chaud d'un été des Années folles. Si loin. Qu'est-ce qu'on fout là, papa ? Qu'est-ce qu'on fout là, maman ? Toi l'Andalouse et toi le Valencien, aussi incongrus sous cette latitude, malgré plus d'un demi-siècle de présence, qu'un trader dans un ashram ou un Papou à Manhattan. Il faudrait rentrer à la maison, griller vos dernières cartouches loin de la touffeur radiateurisée de l'hiver francilien. Vous ranimer à la lumière hospitalière de votre Méditerranée, sous les oliviers, les orangers et les eucalyptus. Libertad et Angel échangent un sourire jusqu'à leur prochaine escarmouche de vieux couple insubmersible. Comme une équipe olympique portant à bout de bras la flamme qui ne doit pas s'éteindre, la tribu se relaie auprès de maman, façon mousquetaire, un pour tous, tous pour un, comme elle nous l'a appris. Une famille. Tant que nous veillerons sur eux, ses ventricules et ses oreillettes en charpie continueront à dessiner sur l'échographe du cardiologue leurs dents de scie à l'encre rouge. Rouge son sang. Rouge son cœur.

Rouge écarlate du drapeau de mon père, des oriflammes de la liberté, d'octobre 17, de février 36, de mai 68.

Rouge cramoisi de la honte d'y avoir cru et de la trahison de ceux qui n'y crurent jamais.

Rouge carmin de la bouche peinte de maman, de son sourire, de sa lumière.

Rouge vermillon des multitudes dans la rue et de la solitude de l'exil.

Rouge incarnat des trente-six chandelles des crampes de lune et de l'embarras du linge taché.

Rouge coquelicot du boléro *amapola* et des *clavelitos de mi corazón*.

Rouge grenadine du diabolo des apéros et des ivresses de sangria.

Rouge garance de l'orgueil des vaincus, du défi, de la révolte, de la conscience intacte.

Rouge framboise et pâte sablée des tartes d'Harmonia, rouge groseille de la gelée sur les tartines.

Rouge cerise des chansons de lutte, du joli mois de mai, de la Commune, des pendants d'oreilles *que l'on s'en va deux cueillir en rêvant...*

Rouge tomate et poivron des salades sur la terrasse dans la nuit madrilène, aux parfums d'olive et de guitare.

Rouge écrevisse des humiliations enfantines.

Rouge vermeil des médailles invisibles au revers des héros clandestins.

Rouge corail du désir inconnu, du grand mystère des garçons et de l'incandescence des rêves de princesse.

Que le voy a hacer si yo nací en el Mediterráneo... Qu'est-ce que j'y peux si je suis née de vous, et ne sais chanter que votre chanson. Si, même née ici, je ne suis que de chez vous. Si je suis née la tête ailleurs. Fille de votre couleur. Fille de rouge.

Remerciements

Merci, encore et toujours, à ma famille.

Merci à mes filleules, Inés et Meïli, petits cailloux blancs jetés vers le futur.

Merci à Nathalie Théry pour sa générosité, sa compétence, son efficacité, sa légèreté, son élégance et son sourire.

Merci à Erwan et Julien, pour les soirées-oasis au Café Blanc.

Merci à YouTube, pour sa capacité à ressusciter des émotions perdues.

Merci aux chansons de la Commune de Paris,

gracias a las canciones republicanas de la guerra civil,

thanks to the freedom songs of the civil rights.

Composé par Nord Compo
à Villeneuve-d'Ascq (Nord)

Imprimé en Espagne par
Black Print CPI Iberica
à Gava
en octobre 2011

POCKET – 12, avenue d'Italie – 75627 Paris cedex 13

Dépôt légal : novembre 2011
S19999/01